XENOS BÜCHER

JACK LONDON

ABENTEURER DES SCHIENENSTRANGES

Roman

von

JACK LONDON

XENOS-Verlagsgesellschaft m.b.H. & Co., Hamburg

INHALTSVERZEICHNIS

Aus dem Amerikanischen von Lore Strassl, Büchlberg
Lektorat und Produktion: Klaus-Dietrich Petersen, Hamburg
Titelbild: Firuz Askin
Innenillustrationen: Friedrich Dohrmann
Umschlaggestaltung: SDS Satz- und Druckservice GmbH, Hamburg
Satz: SDS Satz- und Druckservice GmbH, Hamburg

Herausgeber: XENOS Verlagsgesellschaft mbH.,
Am Hehsel 42, 2000 Hamburg 63

ISBN 3-8212-0178-9

BEKENNTNIS

Im Bundesstaat Nevada wohnt eine Frau, die ich einmal unentwegt, wohlüberlegt und schamlos belogen habe — ganze zwei Stunden lang. Nicht, daß ich mich bei ihr entschuldigen will, keineswegs, aber erklären möchte ich mein Benehmen. Ich kenne ihren Namen nicht, und erst recht nicht ihre jetzige Adresse, leider. Doch falls sie zufällig diese Zeilen liest, hoffe ich, daß sie mir schreibt.

Es war in Reno, im Bundesstaat Nevada, im Sommer 1892. Dazu war Jahrmarkt, und es wimmelte von kleinen Gaunern und nicht ganz ehrlichen Glücksspielern, ganz zu schweigen von einer riesigen Horde hungriger Landstreicher. Diese hungrigen Tramps waren es, die die Stadt so ungastlich — oder in der Sprache unserer Kreise »hungrig« — machten. Sie bettelten unentwegt an den Hintertüren der Wohnhäuser, bis sich keine mehr für sie öffneten.

Eine schlechte Stadt für Schnorrer war es damals, wie die Vagabunden am hungrigen Leib erfuhren. Ich erinnere mich, daß ich so manche Mahlzeit mit knurrendem Magen überspringen mußte, obwohl ich mich nicht ungeschickter anstellte als andere, wenn es darum ging, mit einer rührenden Geschichte eine warme Suppe zu erbetteln, den Fuß in eine unvorsichtigerweise geöffnete Tür zu klemmen oder jemanden auf der Straße um ein paar Cents anzuhauen. Ja, so dreckig ging es mir in dieser Stadt, daß ich mich eines Tages an dem Schaffner vorbeistahl — aber wohl leider doch nicht so unbemerkt, wie ich gehofft hatte —, um in den Salonwagen eines Millionärs zu kommen.

Der Zug fuhr an, gerade als ich die Plattform erreicht hatte. Ich raste in den Wagen zu besagtem Millionär, und der Schaffner mit ausgestrecktem Arm hinter mir her. Das Rennen endete unentschieden, denn ich erreichte den Millionär im gleichen Augenblick wie der Schaffner mich.

Für eine höfliche Vorrede blieb keine Zeit. »Einen Vierteldollar für was zu essen«, platzte ich heraus.

Und, so wahr ich lebe, der Millionär fummelte in seiner Tasche und gab mir — sage und schreibe — nicht mehr und nicht weniger als ein Vierteldollarstück.

Ich bin überzeugt, er war so verduzt, daß er automatisch gehorchte. Seither bedaure ich, daß ich nicht um einen Dollar bat. Ich bin sicher, ich hätte ihn bekommen.

Hastig sprang ich vom Trittbrett des Salonwagens, während der Schaffner zu einem Tritt ins Gesicht ausholte. Er verfehlte mich. Man ist in einer arg mißlichen Lage, wenn man von dem Trittbrett eines fahrenden Zuges springen muß und sich nicht den Hals brechen will, während ein wütender Schwarzer über einem steht und gerade seinen Fuß, Schuhgröße 46, zu einem heftigen Tritt ins Gesicht schwingt. Aber meinen Vierteldollar habe ich bekommen! Ja, ich habe ihn bekommen!

Doch ich will ja von der Frau erzählen, die ich so schamlos belogen habe. Es war mein letzter Abend in Reno. Ich war auf der Rennbahn gewesen, wo die Pferde ihr Bestes gegeben hatten, und dadurch um mein Mittagessen gekommen. Mein Magen knurrte also noch mehr als üblich, und zu allem Überfluß war an diesem Tag auch noch ein Ausschuß zur öffentlichen Sicherheit zusammengestellt worden, um die Stadt von hungrigen Sterblichen, wie ich einer war, zu säubern.

Inzwischen hatten die Gesetzeshüter bereits eine Menge meiner Trampbrüder eingesammelt, und ich hörte schon, wie mich die sonnigen Täler Kaliforniens über die Gipfel der Sierra hinweg lockend riefen.

Zweierlei hatte ich allerdings noch zu tun, ehe ich den Staub Renos von den Füßen schütteln konnte: Erstens, bei dem fahrplanmäßigen Überlandzug nach Westen heute nacht einen »blinden« Waggon zu finden — das ist ein Gepäck- oder Postwagen, der am vorderen Ende keine oder eine verschlossene Tür hat, denn dort konnte sich ein Tramp auf der Plattform verhältnismäßig ungestört fühlen. Zweitens, zuvor etwas in den Magen zu bekommen, denn selbst ein junger Mann schreckt davor zurück, mit leerem Bauch außen auf einem Waggon durch die ganze Nacht zu fahren, während der Zug mit atemberaubender Geschwindigkeit durch die Schneewehen, Tunnels und den ewigen Schnee der himmelhoch ragenden Berge braust.

Das zweite ließ sich gar nicht so einfach bewerkstelligen. In Dutzend Häusern versuchte ich vergebens mein Glück. Manchmal muß ich beleidigende Bemerkungen über mich ergehen lassen. Daß ich hinter Schwedische Gardinen gehörte, wenn es nach Recht und Gesetz zuginge, war bloß eine davon. Das Schlimmste war, daß das hier nur allzusehr zutraf. Deshalb wollte ich mich ja auch in den Westen absetzen. Das Auge des Gesetzes war wachsam und seine Schergen suchten eifrig die ganze Stadt nach Hungrigen und Obdachlosen ab, um sie hinter diese Schwedischen Gardinen zu bringen.

In anderen Häusern schlug man mir die Tür vor der Nase zu und hörte sich meine höfliche und demütige Bitte um etwas zu beißen gar nicht bis zu Ende an. In einem Haus öffente man nicht einmal die Tür. Ich stand auf der Veranda und klopfte, und die Bewohner betrachteten mich durch das Fenster. Sie hielten sogar einen kräftigen kleinen Jungen hoch, damit er über die Schultern der Erwachsenen den Vagabunden sehen konnte, der von ihnen nichts zu essen bekommen würde.

Es sah ganz so aus, als wäre ich gezwungen, zu den ganz Armen zu gehen, um einen Bissen in den Magen zu bekommen. Die ärmsten der Armen sind die letzte Zuflucht für einen hungrigen Landstreicher. Auf sie kann man sich immer verlassen. Nie würden sie einen Hungrigen von der Tür weisen.

Immer und immer wieder, überall in den Vereinigten Staaten, schickten mich die Reichen in ihren vornehmen Häusern und Prunkvillen mit leerem Magen weiter. Doch nicht einmal ließ man mich von den armseligen Hütten am Bach oder Sumpf, mit ihren zerbrochenen Fensterscheiben, die mit Lumpen verstopft waren und wo müde, abgearbeitete Mütter mir öffneten, hungrig fortziehen.

Oh ihr, die ihr mit Wohltätigkeit hausieren geht! Seht euch mal bei den Armen um, denn sie allein sind wahrhaftig wohltätig. Sie geben weder von ihrem Überfluß, noch versagen sie ihn — weil sie keinen haben! Sie geben von dem — und nie versagen sie es —, was sie selbst brauchen und was sie sehr oft bitter nötig haben. Wohltätigkeit besteht nicht darin, einem Hund einen Knochen vorzuwerfen. Wohltätigkeit ist, den Knochen mit einem Hund zu teilen, wenn man nicht weniger hungrig als der Hund ist.

An ein Haus, aus dem man mich an diesem Abend hungrig weiterschickte, erinnere ich mich besonders. Hinter den Fenstern der schmalen Veranda, wie fast alle Häuser sie hatten, war das Eßzimmer. Durch diese Fenster sah ich einen Mann Pastete essen — eine riesige Fleischpastete. Ich stand an der offenen Tür, und er aß weiter, während er zu mir sprach. Er war reich, und aus seinem Reichtum heraus verachtete er seine vom Glück nicht wie er gesegneten Brüder.

Er unterbrach meine Bitte um etwas zu essen mit einem schnaubenden: »Ich glaub' nicht, daß Sie sich mit Arbeit was verdienen wollen.«

Das gehörte nicht hierher, von Arbeit hatte ich schließlich nichts gesagt. Das Thema, das ich zur Sprache gebracht hatte, war »Essen«. Tatsächlich wollte ich auch gar nicht arbeiten, sondern heute nacht mit dem Überlandzug von hier verschwinden.

»Sie würden nicht einmal arbeiten, wenn man Ihnen eine Chance gäb'«, sagte er gehässig.

Ich warf einen flüchtigen Blick auf das sanfte Duldergesicht seiner Frau und wußte, daß ich eine schöne Portion von der Pastete abbekommen hätte, wäre dieser Zerberus nicht gewesen. Aber Zerberus stopfte sich mit der Pastete voll, und ich sah ein, daß ich ihn besänftigen mußte, wollte ich ein Stück abbekommen. Also ging ich innerlich seufzend auf seine Einstellung gegenüber der Arbeitsmoral anderer ein.

»Natürlich würde ich arbeiten!« schwindelte ich.

»Glaub' ich nicht«, grollte er.

»Lassen Sie es auf einen Versuch ankommen«, forderte ich ihn forsch auf.

»Na schön«, meinte er. »Kommen Sie morgen früh da und da hin.« (Die Adresse habe ich vergessen.) »Sie wissen doch, wo das abgebrannte Haus ist. Es muß abgetragen werden. Das können Sie machen.«

»Gut, Sir, ich werde kommen.«

Er brummte etwas Unverständliches und aß weiter. Ich wartete. Nach einer Weile blickte er mit einer Miene auf, die ausdrückte »Ich-hab'-gedacht-du-bist-längst-verschwunden!« und sagte scharf: »Was wollen Sie denn noch?«

»Ich — ich warte auf einen Bissen zu essen«, murmelte ich.

Da brüllte er: »Ich hab' doch gewußt, daß Sie nicht arbeiten wollen!«

Damit hatte er natürlich recht, aber zu diesem Schluß mußte er durch Gedankenlesen gekommen sein, denn logisch war er nicht. Aber der Bettler an der Tür muß demütig sein, also beugte ich mich vor seiner Logik, genau wie zuvor vor seinem Moralismus.

»Wissen Sie, ich bin jetzt hungrig«, erklärte ich ihm sanft. »Morgen früh werde ich noch hungriger sein. Überlegen Sie doch nur, wie hungrig ich erst sein werde, wenn ich den ganzen Tag mit leerem Magen Steine geschleppt habe. Wenn Sie mir jetzt etwas zu essen gäben, wäre ich morgen viel leistungsfähiger.«

Ernst erwog er meine Worte, ohne jedoch mit dem Essen aufzuhören, während seine verschüchterte Frau sichtlich gern ein paar gute Worte für mich eingelegt hätte, es aber mangels Mut doch nicht tat.

»Ich sag' Ihnen, was ich tun werde.« Er kaute mit vollem Mund. »Sie arbeiten morgen früh, und mittags geb' ich Ihnen einen Vorschuß, damit Sie sich etwas zu essen kaufen können. Dann werden wir ja sehen, ob Sie es ernst meinen oder nicht.«

»Aber inzwischen ...« begann ich, doch er unterbrach mich.

»Ich würd' Sie nie wiedersehen, wenn ich Ihnen jetzt was zu essen geb'. Oh, ich kenn' Ihresgleichen. Schauen Sie mich an. Ich bin niemand was schuldig. Nie hab' ich mich so erniedrigt, daß ich jemand um etwas zu essen angebettelt hätte. Ich hab' mir alles selber verdient! Das Problem bei Burschen wie Ihnen ist, daß sie faul und liederlich sind. Das sehe ich Ihnen an. Ich hab' immer redlich gearbeitet. Was ich bin, verdank' ich mir selbst. Und Sie können es auch zu was bringen, wenn Sie ehrlich arbeiten.«

»Wie Sie?« fragte ich.

Aber gewiß hatte nie auch nur ein Fünkchen Humor die düstere Seele dieses Mannes erhellt, für den es vermutlich nur essen und arbeiten gab.

»Ja, wie ich«, antwortete er.

»Wir alle?« erkundigte ich mich.

»Ja, Sie alle«, erwiderte er im Brustton der Überzeugung.

»Aber wenn wir alle wie Sie würden«, sagte ich, »verzeihen Sie, wenn ich Sie darauf aufmerksam mache, dann gäbe es niemanden mehr, der das Haus für Sie abbricht.«

Ich möchte schwören, daß ein Anflug von Lächeln in den Augen seiner Frau aufblitzte. Was ihn betraf, nun, er war sichtlich bestürzt — ob nun über die schreckliche Aussicht, daß er bei einer derartigen Reform der Menschheit niemanden mehr für den Abbruch seines Hauses bekommen könnte, oder über meine Impertinenz, das werde ich nie erfahren.

»Ich will keine weiteren Worte an Sie verschwenden!« brüllte er. »Sie undankbarer Bursche!«

Ich scharrte mit den Füßen, um meine Bereitwilligkeit zu gehen anzudeuten, und fragte: »Und ich bekomme nichts zu essen?«

Er sprang auf. Er war ein großer Mann und ich ein

Fremder in der Fremde, auf den es noch dazu das Auge des Gesetzes abgesehen hatte. Also verzog ich mich eilig.

Aber warum undankbar? fragte ich mich, als ich sein Gartentor zuschlug. Was, zum Teufel, hatte er mir denn gegeben, wofür ich undankbar wäre?

Ich schaute zurück. Auch von hier aus war er durchs Fenster zu sehen. Er hatte sich wieder über seine Pastete hergemacht.

Der Vorfall hatte mir den Mut geraubt. Ich ging an vielen Häusern vorbei, ohne mich heranzuwagen. Alle Häuser sahen ungefähr gleich aus, und keines vielversprechend.

Als ich ein paar Blocks dahinspaziert war, schüttelte ich meine Niedergeschlagenheit ab und faßte mich wieder. Dieses Um-Essen-Betteln war wie ein Spiel, wenn mir die Karten nicht zusagten, konnte ich mir ja schließlich andere geben lassen.

Also beschloß ich, mein Glück beim nächsten Haus zu versuchen. Und ich näherte mich ihm durch den dämmernden Abend und ging hinten herum zur Küchentür.

Ich klopfte behutsam. Als ich das gütige Gesicht einer Frau mittleren Alters sah, die die Tür öffnete, kam mir die Geschichte, die ich ihr erzählen würde, ganz von selbst. Man muß nämlich wissen, daß der Erfolg eines Bettlers von der Fähigkeit abhängt, eine gute Geschichte aufzutischen.

Das Wichtigste ist, daß der Landstreicher sein Opfer mit dem ersten Blick richtig einstuft. Danach muß er mit einer Geschichte aufwarten können, die das innere Wesen dieses speziellen Opfers anspricht, sein Herz rührt. Hier ergibt sich die Schwierigkeit. Denn fast noch während er sein Opfer abschätzt, muß er mit seiner Geschichte anfangen. Ihm ist keine Minute der Vorbereitung vergönnt. Und natürlich muß er ein guter Menschenkenner sein und eine rege Phantasie haben. Ja, der erfolgreiche Tramp muß ein Künstler sein. Er muß sofort spontan erfinden, aber er kann nicht von etwas aus seiner blühenden Phantasie ausgehen, sondern muß sich nach dem richten, was er in dem Gesicht der Person liest, die ihm die Tür öffnet, ob sie nun Mann, Frau oder Kind ist, ob freundlich oder mürrisch, freigebig oder geizig, gutmütig oder boshaft, Jude oder Christ, schwarz oder weiß, rassistisch oder tolerant, kleinbürgerlich oder kosmopolitisch, oder was sonst auch immer.

Ich habe mir oft gedacht, daß ich dieser Schulung während meiner Trampzeit viel meines Erfolges als Schriftsteller verdanke. Um zu dem Essen zu kommen, von dem ich lebte, war ich gezwungen, Geschichten zu erzählen, die glaubhaft klangen. An der Hintertür entwickelt sich aus unerbittlicher Notwendigkeit heraus die Fähigkeit, überzeugend und aufrichtig zu wirken — also die Kunst, die von Fachleuten als oberste Voraussetzung für das Verfassen von Kurzgeschichten erachtet wird. Ich glaube auch, daß es gerade meine Lehrzeit als Vagabund war, die mich zum Realisten machte. Realismus ist das einzige, wofür man an der Hintertür etwas zu essen bekommt.

Schließlich ist die Kunst nur vollendete Kunstfertigkeit, und Kunstfertigkeit hat schon so manche Story gerettet. Ich erinnere mich, wie ich einmal auf einer Polizeistation in Winnipeg in Manitoba, Kanada, log. Ich wollte mit der Kanada-Pazifik-Bahn nach Westen. Natürlich verlangte die Polizei nähere Einzelheiten über mich zu erfahren. So erfand ich im Handumdrehen eine Geschichte. Sie waren Landratten, mitten auf dem Festland, was hätte da passender sein können als ein Seemannsgarn? Da konnten sie mir eine Lüge nie beweisen. Also erzählte ich ihnen die herzergreifende Geschichte von meinem Leben auf dem Höllenschiff *Glenmore*. (Ich hatte die *Glenmore* einmal in der Bucht von San Francisco vor Anker liegen sehen.)

Ich sei ein englischer Schiffsjunge, erzählte ich. Und sie sagten, daß ich nicht wie ein Engländer redete. Also mußte ich mir schnell etwas einfallen lassen.

Ich sei in den Vereinigten Staaten geboren und aufgewachsen und nach dem Tod meiner Eltern zu den Großeltern in England geschickt worden. Die hätten mich dann auf der *Glenmore* untergebracht. Ich hoffe, ihr Kapitän wird mir verzeihen, daß ich ihn in jener Nacht auf der Polizeistation von Winnipeg so schlecht gemacht habe. So etwas von Grausamkeit! Eine solche Rohheit! Diese teuflische Erfindungsgabe, wenn es ums Bestrafen ging! Das erklärte, weshalb ich davongelaufen war, als die *Glenmore* in Montreal lag.

Aber was machte ich dann mitten in Kanada, auf dem Weg nach Westen, wenn meine Großeltern doch in England lebten? Sofort ließ ich mir eine Schwester einfallen, die in Kalifornien verheiratet war. Sie würde mich aufnehmen. Ausführlich erging ich mich in all ihren schnell ausgedachten, liebenswerten Eigenschaften. Aber so schnell waren diese hartherzigen Polizisten nicht mit mir fertig. Ich war in England auf die *Glenmore* gekommen, was war in den zwei Jahren geschehen, ehe ich in Montreal davonlief? Wo war die *Glenmore* gewesen?

Von da an nahm ich diese Landratten um die ganze Welt mit mir. Von haushohen Wellen gepeitscht, mit sprühendem Gischt bespritzt, kämpften sie mit mir gegen einen Taifun vor der japanischen Küste an. In allen Häfen der sieben Meere luden und löschten sie Fracht mit mir. Ich brachte sie nach Indien und Rangun und China, ließ sie auf dem Weg um Kap Horn Eis aufbrechen, und schließlich legten sie mit mir in Montreal an.

Dann sagten sie, ich sollte einen Augenblick warten. Ein Polizist ging in die Nacht hinaus, während ich mich am Kanonenofen wärmte und mir den Kopf darüber zerbrach, was sie sich jetzt ausgedacht hatten, um mich in eine Falle zu locken.

Ich stöhnte innerlich, als ich ihn hinter dem Polizisten durch die Tür kommen sah. Diese winzigen Goldringe in seinen Ohren stammten nicht von Zigeunern. Nicht der Präriewind hatte seine Haut zu runzligem Leder gegerbt. Und auch nicht Schneetreiben und Berghängen verdankte er diesen schaukelnden Gang.

In diesen Augen, als sie mich anblickten, sah ich den

Sonnenglanz auf dem Meer. Ah, hier hatte ich eine Aufgabe vor mir!

Ich mußte nicht nur das halbe Dutzend Polizisten überzeugen, die mich wie Wachhunde beobachteten, nein, auch einen echten Seemann — ich, der ich noch nie das Chinesische Meer befahren, Kap Horn nicht einmal aus der Ferne gesehen hatte und Indien und Rangun nur auf der Landkarte.

Ich war verzweifelt. Das Verhängnis kam in Gestalt dieses verwitterten Seebären mit den goldenen Ohrringen auf mich zu. Wer war wer? Was war er? Dessen mußte ich mir klarwerden, ehe er mich durchschaute. Ich mußte mich neu orientieren, wenn ich verhindern wollte, daß diese heimtückischen Polizisten mich in eine Zelle, vors Gericht und dann auf längere Zeit ins Gefängnis brachten. Wenn er mich ausfragte, ehe ich eine Ahnung hatte, wieviel er wußte, war ich verloren.

Aber verriet ich diesen luchsäugigen Ordnungshütern von Winnipeg meine Verzweiflung? Ich doch nicht!

Mit leuchtenden Augen, übers ganze Gesicht strahlend und mit der vorgetäuschten Erleichterung, die ein Ertrinkender wirklich empfindet, wenn ihm jemand einen Rettungsring zuwirft, blickte ich dem alten Seemann entgegen. Hier war einer mit Verständnis, der diesen mißtrauischen Bluthunden die Wahrheit meiner Geschichte bestätigen würden — das, jedenfalls, war der Eindruck, den ich erwecken wollte.

Ich ließ ihn gar nicht erst zu Wort kommen, bombardierte ihn mit Fragen über ihn selbst. Vor meinen Richtern wollte ich den Charakter meines Retters aufdecken, ehe er mich rettete.

Er war ein netter alter Seebär — eine »leichte Beute«. Die Polizisten wurden ungeduldig, während ich ihn ausfragte. Schließlich sagte einer, ich sollte gefälligst meinen Mund halten.

Ich tat es und nutzte die Gelegenheit, mir den nächsten Akt auszudenken. Ich hatte genug von ihm erfahren, das mir weiterhelfen konnte. Er war Franzose und immer auf französischen Handelsschiffen gefahren, mit Ausnahme einer einzigen Reise auf einem Engländer. Und — welches Glück! — er war schon seit zwanzig Jahren nicht mehr auf See gewesen.

Die Polizisten drängten ihn, mich in die Zange zu nehmen. »Ihr habt Rangun angelaufen?« fragte er.

Ich nickte. »Wir mußten unseren Maat an Land bringen. Fieber.«

Hätte er mich nach der Art des Fiebers gefragt, ich wäre in Verlegenheit gekommen. Vielleicht hätte ich Typhus gesagt, weil mir sonst keine mit Fieber verbundene Krankheit bei Seeleuten einfiel.

Aber er ging nicht näher darauf ein. Statt dessen fragte er: »Und wie war Rangun?«

»Es hat fast die ganze Zeit geregnet, während wir vor Anker lagen.«

»Hast du Landurlaub bekommen?«

»Natürlich«, antwortete ich. »Ich bin mit noch zwei Schiffsjungen in die Stadt.«

»Erinnerst du dich an den Tempel?«

»An welchen?« parierte ich.

»Den großen, oben auf der breiten Treppe.«

Wenn ich mich an ihn erinnerte, das war mir klar, würde ich ihn beschreiben müssen. Ein Abgrund öffnete sich vor mir.

Ich schüttelte den Kopf.

»Man kann ihn von überall im Hafen sehen, dazu braucht man nicht einmal Landurlaub.«

Nie in meinem Leben war mir ein Tempel so zuwider. Aber diesen einen Tempel in Rangun habe ich es gegeben!

»Man kann ihn nicht vom Hafen aus sehen«, widersprach ich. »Man kann ihn nicht von der Stadt aus sehen. Und man kann ihn nicht vom Treppenaufgang aus sehen. Weil ...« Ich machte eine wirkungsvolle Pause. »... es dort keinen Tempel gibt.«

»Aber ich habe ihn mit eigenen Augen gesehen!«

»Wann war das?« wollte ich wissen.

»Einundsiebzig.«

»Er ist in dem großen Erdbeben von achtzehnhundertsiebenundachtzig eingestürzt«, erklärte ich. »Er war schon sehr alt.«

Eine Pause setzte ein. Der Seebär versuchte, sich das Bild des prächtigen Tempels am Meer, den er in jüngeren Jahren bestaunt hatte, vor Augen zu rufen.

»Die Treppe ist noch da«, half ich ihm. »Man kann sie vom ganzen Hafen aus sehen. Und erinnern Sie sich an die kleine Insel, rechts, ehe man in den Hafen einfährt?«

Irgendwo mußte es dort eine Insel geben, ich war auch gern bereit, sie nach links zu versetzen, wenn das günstiger war. Aber er nickte bestätigend.

»Auch sie gibt es nicht mehr«, sagte ich bedauernd. »Sie liegt jetzt sieben Faden unter dem Wasser.«

Ich hatte mir eine Atempause verschafft.

Während er trübsinnig über die Veränderungen nachdachte, die die Zeit mit sich brachte, bereitete ich mich auf die Feinheiten meiner weiteren Geschichte vor.

»Erinnern Sie sich an das Zollamt in Bombay?«

Er tat es.

»Bis auf die Grundmauern niedergebrannt!« berichtete ich.

»Erinnerst du dich an Jim Wan?« fragte jetzt er.

»Tot«, sagte ich. Aber ich hatte nicht die geringste Ahnung, wer, zum Teufel, Jim Wan war.

Jetzt befand ich mich wieder auf Glatteis.

Also sagte ich hastig: »Bestimmt erinnern Sie sich auch an Billy Harper in Shanghai.«

Ich sah, wie es im Gesicht des alten Seemanns arbeitete. Aber der Billy Harper meiner Phantasie war zu viel für sein nicht mehr sehr gutes Gedächtnis.

»Natürlich erinnern Sie sich an Billy Harper!« sagte ich eindringlich. »Jeder kennt ihn. Er ist doch schon seit vierzig Jahren dort. Na ja, und er ist immer noch da, das wollte ich Ihnen nur sagen.«

Und da geschah das Wunder. Der Seebär erinnerte sich an Billy Harper. Vielleicht gab es wirklich einen Billy Harper, und vielleicht war er seit vierzig Jahren in Shanghai und lebte immer noch dort. Für mich, jedenfalls, war es neu.

Eine halbe Stunde und länger unterhielten der alte Seemann und ich uns auf ähnliche Weise. Schließlich erklärte er den Polizisten, daß ich der war, der ich zu sein behauptete. Und nach einer kostenlosen Übernachtung und freiem Frühstück entließ man mich, damit ich zu meiner in San Francisco verheirateten Schwester fahren könnte.

Doch zurück zu der Frau in Reno, die mir in der Abenddämmerung die Tür öffnete. Beim ersten Blick auf ihr gütiges Gesicht wußte ich, wie ich mich verhalten mußte. Sofort wurde ich zum liebenswerten, unschuldigen, unglücklichen Jungen.

Ich öffnete den Mund und schloß ihn wieder. Nie zuvor in meinem Leben hatte ich um Essen gebettelt. Ich wand mich vor Verlegenheit. Ich schämte mich. Ich, der ich Betteln als einen amüsanten Einfall ansah, machte aus mir einen wahren Sohn von Frau Kleinbürger mit aller Moral ihres Standes.

Nur mein knurrender, ja vor Hunger schmerzender Magen zwang mich dazu, mich so zu erniedrigen, daß ich etwas so Beschämendes tat, wie um Essen zu betteln. Und ich bemühte mich, all die Bedrücktheit des ausgehungerten treuherzigen Jungen, der das Betteln nicht gewöhnt ist, in mein Gesicht zu legen.

»Sie haben Hunger, Sie armer Junge«, sagte sie.

Ich hatte sie dazu gebracht, die Initiative zu ergreifen.

Ich schlug die Augen nieder, nickte und schluckte.

»Es ist das erstemal ...« Meine Stimme stockte.

»Kommen Sie herein.« Die Tür schwang weit auf. »Wir haben schon gegessen, aber im Herd brennt noch Feuer. Ich kann Ihnen schnell etwas richten.«

Sie musterte mich eingehend, als wir ins Licht kamen.

»Ich wollte, mein Sohn wäre so gesund und kräftig wie Sie«, sagte sie. »Aber er ist nicht stark. Er hat die Fallsucht. Erst heute nachmittag ist er wieder hingefallen und hat sich arg weh getan, der arme Junge.«

Sie bemutterte ihn mit ihrer Stimme, in der eine unsagbare Zärtlichkeit lag.

Mit heimlicher Sehnsucht wünschte ich mir fast, daß sie auch mir gelten würde. Ich blickte den Jungen an. Er saß auf der anderen Tischseite, war schmal und bleich und hatte den Kopf verbunden. Er rührte sich nicht, doch seine Augen, die im Lampenschein schimmerten, ruhten fest und staunend auf mir.

»Genau wie mein armer Vater«, sagte ich. »Ihm wurde oft schwindelig. Die Ärzte waren ratlos. Sie konnten nie herausbekommen, was ihm fehlte.«

»Er lebt nicht mehr?« fragte sie weich und setzte mir ein halbes Dutzend weichgekochter Eier vor.

»Nein.« Ich schluckte. »Er ist vor zwei Wochen gestorben. Ich war bei ihm. Wir wollten die Straße überqueren. Auf einmal fiel er hin. Er ist nicht wieder zu Bewußtsein gekommen. Man hat ihn in einen Laden getragen. Dort ist er nach wenigen Minuten gestorben.«

Daraufhin breitete ich die mitleiderregende Geschichte meines Vaters aus. Wie er und ich — nach dem Tod meiner Mutter — unsere Ranch verlassen hatten, um nach San Francisco zu ziehen. Daß seine Veteranenpension und unser bißchen Geld nicht ausgereicht und wir uns als Buchbinder versucht hatten.

Auch über die trostlose Zeit nach seinem Tod berichtete ich, als ich mutterseelenallein durch die Straßen von San Francisco geirrt war.

Und während die herzensgute Frau Hefebrötchen aufbuk, weitere Eier mit Speck in der Pfanne briet, und ich mein Bestes tat, alles wegzuräumen, was sie vorsetzte, erweiterte ich das Bild des armen Vollwaisen und schmückte es in allen Einzelheiten aus. Ich wurde zu dem bedauernswerten Jungen. Er wurde für mich so wirklich

Und während die herzensgute Frau Hefebrötchen aufbuk, weitere Eier mit Speck in der Pfanne briet, und ich mein Bestes tat, alles wegzuräumen, was sie vorsetzte, erweiterte ich das Bild des armen Vollwaisen und schmückte es in allen Einzelheiten aus. (Seite 18)

wie die köstlichen Eier, die ich verspeiste. Ich war selbst zu Tränen gerührt über mein beklagenswertes Geschick, und manchmal war meine Stimme wahrhaftig von Tränen erstickt. Es war ungemein wirkungsvoll.

Tatsächlich gab die gute Seele mir, bei jedem neuen Pinselstrich, mit dem ich das Bild vervollkommnete, immer noch etwas. Sie packte mir Verpflegung für unterwegs ein. Viele hartgekochte Eier gab sie in einen Beutel, dazu Pfeffer und Salz, einen großen Apfel und anderes. Sie schenkte mir drei Paar dicke rote Wollsocken, frische Taschentücher und so vieles andere, das ich inzwischen vergessen, worüber ich mich damals aber sehr gefreut habe.

Und die ganze Zeit kochte sie immer mehr, und ich aß immer mehr. Ich schlug meinen Bauch voll wie ein Wilder, aber es war ja auch ein weiter Weg über die Sierra, als blinder Passagier auf der offenen Plattform eines kalten Eisenbahnwaggons, außerdem wußte ich nicht, wann ich wieder einmal etwas zu essen bekommen würde.

Und die ganze Zeit saß ihr armer kranker Junge reglos, wie ein Totenkopf beim Festmahl, und starrte mich über den Tisch an. Ich nehme an, ich stellte für ihn Rätsel, Romantik und Abenteuer dar — alles, was ihm bei seiner schwachflackernden Lebensflamme verwehrt war, und doch kam ich nicht umhin, mich ein paarmal zu fragen, ob er mir nicht bis auf den Grund meiner verlogenen Seele schaute.

»Wo wollen Sie denn hin?« fragte mich seine Mutter.

»Nach Salt Lake City«, antwortete ich. »Ich habe dort eine Schwester — eine verheiratete Schwester.« (Ich überlegte, ob ich sie zur Mormonin machen sollte, entschied mich jedoch dagegen.) »Ihr Mann ist Klempnermeister.«

Da fiel mir ein, daß solche Leute sehr gut verdienen sollten. Aber Rückzieher konnte ich keinen mehr machen, also mußte ich mir schnell etwas einfallen lassen.

»Sie hätten mir das Fahrgeld geschickt, wenn ich sie darum gebeten hätte«, erklärte ich. »Aber sie hatten in letzter Zeit selbst ziemliche Schwierigkeiten. Mein

Schwager war längere Zeit krank, und sein Geschäftspartner hat sich allerhand zuschulden kommen lassen. Deshalb wollte ich sie auch nicht um Geld bitten. Ich dachte, daß ich es schon irgendwie zu ihnen schaffen würde. Ich ließ sie in dem Glauben, daß ich genug hätte, um bis Salt Lake City zu kommen. Meine Schwester ist schrecklich lieb. Sie war immer gut zu mir. Vielleicht gehe ich zu meinem Schwager in die Lehre. Die beiden haben zwei Töchter. Sie sind viel jünger als ich. Die eine ist noch ein Baby.«

Von allen meinen Schwestern, die ich über sämtliche Bundesstaaten verheiratet habe, ist mir die in Salt Lake City die liebste. Für mich lebt sie wirklich. Wenn ich von ihr erzähle, sehe ich sie, ihre beiden kleinen Mädchen und ihren Mann, den Spengler, ganz deutlich vor mir.

Sie ist eine große, mütterliche Frau, die beginnt, angenehm rundlich zu werden — wie es bei Frauen mit guten Herzen, die ausgezeichnet kochen und nie böse werden, häufig der Fall ist. Sie hat hübsche mittelbraune Haare.

Ihr Mann ist ein ruhiger Bursche, mit dem man einfach gut auskommen muß. Manchmal ist mir, als kenne ich ihn wirklich gut. Wer weiß, vielleicht begegne ich ihm eines Tages? Wenn der alte Seemann sich an Billy Harper erinnern konnte, steht eigentlich nichts im Weg, was ein Zusammentreffen mit dem Mann meiner Schwester aus Salt Lake City verhindern sollte.

Andererseits bin ich sicher, daß ich nie alle meine Eltern und Großeltern in Fleisch und Blut sehen werde, denn ich habe sie ohne Ausnahme sterben lassen. Das Leben meiner Mütter beendete gewöhnlich ein Herzleiden, aber wo ich es für passender hielt, ließ ich sie auch von Schwindsucht, Lungenentzündung und Typhus dahinraffen.

Es stimmt — wie die Polizisten in Winnipeg bestätigen können —, daß ich Großeltern in England habe. Aber sie lebten dort vor langer Zeit, und es ist höchstwahrscheinlich, daß sie inzwischen das Zeitliche gesegnet haben. Jedenfalls haben sie mir nie geschrieben.

Ich hoffe, die warmherzige Frau aus Reno wird diese Zeilen lesen und mir meine Unverfrorenheit und meinen Mangel an Wahrheitsliebe verzeihen. Ich entschuldige mich nicht, weil ich mich dessen nicht schäme. Es waren meine Jugend, meine Lebensfreude und meine Abenteuerlust, die mich zu ihrer Tür führten.

Die Erfahrung, die ich in ihrem Haus gewann, tat mir gut.

Sie lehrte mich, wie gütig Menschen aus ihrem innersten Wesen heraus sein können. Ich hoffe, daß sie auch ihr guttat. Zumindest kann sie sich jetzt köstlich amüsieren, wenn sie erfährt, wie es damals wirklich stand.

Für sie war meine Geschichte wahr. Sie glaubte mir und glaubte an meine ganze Familie. Und sie machte sich meinetwegen Sorgen über die gefährliche Reise, die ich noch vor mir hatte, ehe ich endlich Salt Lake City erreichen würde.

Diese Besorgnis brachte mich fast in Verlegenheit. Gerade als ich aufbrach, mit den Armen voll Proviant und den dicken Wollsocken, die meine Taschen aufbauschten, erinnerte sie sich an einen Neffen oder Onkel oder sonst irgendeinen Verwandten, der im Postdienst der Eisenbahn war und ausgerechnet in dieser Nacht den Zug begleitete, mit dem ich fahren wollte.

Allein der Gedanke! Sie würde mich zum Bahnhof bringen, ihm meine Geschichte erzählen und ihn dazu überreden, daß er mich im Postwagen versteckte. So konnte ich ohne Gefahr und Strapazen geradewegs nach Ogden gelangen. Salt Lake City war nur noch wenige Meilen weiter. Mir wurde mulmig, sie dagegen ganz aufgeregt vor Erleichterung, als sie den Plan weiter ausmalte. Und ich mußte auch noch überschwengliche Begeisterung heucheln bei dieser Lösung meiner Probleme!

Lösung! Daß ich nicht lache! Ich wollte in der Nacht mit dem Zug nach Westen. Und jetzt saß ich in der Falle, in die ich mich selbst hineinmanövriert hatte.

Ja, es war eine Falle, aber ich brachte es nicht über das

Herz, ihr zu gestehen, daß das Ganze eine jämmerliche Lüge war.

Und während ich vortäuschte, daß ich zuhöchst erfreut war, zerbrach ich mir den Kopf nach einem Ausweg. Es gab keinen! Sie würde mich zum Postwagen begleiten — das hatte sie ja selbst gesagt —, und dann würde mich ihr Verwandter, dieser Eisenbahnpostbedienstete, nach Ogden mitnehmen. Und ich würde mich schließlich die vielen hundert Kilometer durch die Wüste zurückkämpfen müssen.

Aber das Glück blieb mir an diesem Abend hold. Gerade, als sie ihren Hut aufsetzen wollte, um mich zum Bahnhof zu bringen, stellte sie fest, daß sie sich geirrt hatte. Ihr Verwandter, von dem sie geglaubt hatte, er würde im heutigen Zug sein, kam erst in zwei Tagen, wie sie dem geänderten Fahrplan entnahm.

Ich war gerettet, denn natürlich ließ die Ungeduld meiner Jugend nicht zu, daß ich zwei Tage lang wartete. Voll Optimismus überzeugte ich sie, daß ich schneller in Salt Lake City sein würde, wenn ich sofort aufbrach. Und so verließ ich sie und hörte noch lange ihre ehrlich gemeinten Segenswünsche.

Die Wollsocken waren einfach Spitze! Ich trug ein Paar auf der langen kalten Fahrt gen Westen, die ich Stunden später erfolgreich antrat.

»SICH HALTEN«

Wenn ihm nicht gerade ein Unglück zustößt, kann ein guter Tramp, sofern er jung genug und geschickt ist, sich auf einem Zug halten, trotz aller Bemühungen des Zugpersonals, ihn abzuhängen, vorausgesetzt natürlich, daß es Nacht ist — das ist wichtig.

Hat ein Tramp es sich, unter diesen Umständen, in den Kopf gesetzt, sich auf einem bestimmten Zug zu halten, so tut er es auch, außer der Zufall stellt ihm ein Bein. Von Mord abgesehen gibt es für das Zugpersonal kaum eine Möglichkeit, sich seiner zu entledigen. Daß es davor nicht zurückschreckt, wird zur Zeit in Trampkreisen allgemein angenommen. Da ich in meinen Landstreichertagen diese Erfahrung nicht machte, kann ich es nicht bestätigen.

Aber folgendes habe ich über die »schlechten« Züge gehört. Wenn ein Vagabund sich unter dem Waggon auf dem Gestell eingenistet hat, gibt es offenbar keine Möglichkeit, ihn zu vertreiben, ehe der Zug hält. Der Tramp, der sich, mit den vier Rädern und dem ganzen Rahmenzeug ringsum, sicher fühlt, hat das Personal überlistet — oder bildet es sich zumindest ein, bis er auf diese Weise einmal auf einer schlechten Strecke fährt. Eine schlechte Strecke ist eine, auf der in letzter Zeit einer oder sogar mehrere der Eisenbahner von Vagabunden umgebracht worden sind. Gnade Gott dem Tramp, der auf einer solchen Strecke unter einem Wagen erwischt wird — denn erwischt wird er, selbst wenn der Zug eine Stundengeschwindigkeit von hundert Kilometer hat.

Der Bremser nimmt einen Kupplungsbolzen und ein Stück festes Seil. Damit geht er auf die Plattform an der Vorderseite des Wagens, unter dem der Landstreicher liegt. Der Bremser bindet das Seil um den Bolzen, dann läßt er ihn zwischen den Plattformen hinunterhängen, bis er auf den Eisenbahnschwellen aufschlägt. Der Aufprall schmettert ihn gegen den Wagenboden, und von dort fällt er wieder auf die Schwellen zurück.

Der Bremser hält das Seil so, daß der Bolzen einmal vor und einmal zurückschwingt, einmal ein bißchen nach links, dann nach rechts, läßt ihn einmal kürzer, einmal länger hängen. Dadurch gibt er seiner Waffe ein breites Feld für ihre Schwinger. Jeder Schlag des fliegenden Kupplungsbolzens ist knochenzermalmend, und bei hundert Stundenkilometer ist das, was er aufführt, ein Todestanz im schlimmsten Sinne des Wortes.

Am nächsten Tag werden die sterblichen Überreste des Vagabunden am Bahnkörper aufgesammelt. Im Lokalblatt kann man dann kleingedruckt lesen, daß ein Unbekannter, zweifellos ein Landstreicher, und höchstwahrscheinlich betrunken, vermutlich auf dem Gleis eingeschlafen und vom Zug überfahren worden ist.

Als typisches Beispiel, wie ein fähiger Tramp sich auf einem Zug halten kann, möchte ich folgende Begebenheit erzählen.

Ich war in Ottawa und wollte mit der Kanada-Pazifik-Bahn in den Westen. Etwa fünftausend Kilometer lagen vor mir. Es war Herbst, und ich mußte durch Manitoba und über die Rocky Mountains. Es war mit beißender Kälte zu rechnen, und jeder Tag, den ich ungenutzt verstreichen ließ, würde die Reise, schon allein wettermäßig, unangenehmer machen.

Außerdem war ich verärgert. Die Entfernung zwischen Montreal und Ottawa ist hundertneunzig Kilometer. Ich muß es wissen, denn ich hatte sie eben erst zurückgelegt und, sage und schreibe, sechs ganze Tage dazu gebraucht. Durch ein Versehen war ich von der Hauptstrecke abgekommen und mußte dann zusehen, wie ich auf der kleinen Nebenlinie weitergelangte, auf der nur zwei Bummelzüge pro Tag verkehrten.

Während dieser sechs Tage hatte ich mich nur von trockenem Brot ernährt, das ich mir von den französischen Bauern erbettelt hatte.

Der Tag, den ich in Ottawa herumgelaufen bin, um mir

warme Kleidung für die lange Reise zu verschaffen, trug auch nicht gerade zur Verbesserung meiner Laune bei.

Jeder soll es wissen: mit einer Ausnahme ist Ottawa die Stadt, in der es am schwierigsten ist, Kleidung zu erbetteln. Die eine Ausnahme ist Washington D.C. Letztere, ansonsten schöne Stadt, ist der Gipfel! Dort versuchte ich einmal, vierzehn Tage lang, kostenlos zu einem Paar Schuhe zu kommen — vergebens. Ich mußte nach Jersey City, ehe ich welche auftrieb.

Doch zurück nach Ottawa. Schlag acht Uhr morgens machte ich mich auf Kleidersuche. Den ganzen langen Tag strengte ich mich an. Ich schwöre, ich habe fünfundsechzig Kilometer zurückgelegt, zu Fuß, selbstverständlich. Ich sprach bestimmt mit gut tausend Hausfrauen. Sogar mittags habe ich durchgemacht. Und um sechs Uhr abends, nach zehn Stunden pausenloser, nicht gerade erhebender Arbeit, hatte ich immer noch kein Hemd, und die Hose, die ich mit so viel Mühe ergattert hatte, war eng und sah noch dazu so aus, als würde sie es nicht mehr allzu lange machen.

Um sechs Uhr hörte ich zu arbeiten auf und ging zu den Bahnanlagen. Unterwegs hoffte ich, etwas zu essen zu bekommen. Aber meine Pechsträhne hielt an. Ohne Erfolg klapperte ich Haus um Haus ab. Dann endlich hatte jemand Erbarmen und reichte mir etwas heraus. Sofort sah die Welt rosig aus, denn es war das größte Freßpaket, das ich in meiner Trampzeit je gesehen hatte.

Es war in Zeitungspapier eingewickelt und so groß wie ein ausgewachsener Handkoffer. Ich eilte zum nächsten verwilderten Grundstück und öffnete es. Kuchen quoll mir nur so entgegen, Kuchen, Torten, süßes Backwerk jeder Art. Sonst nichts. Kein Butterbrot mit einem Stück kaltem Braten oder einer Scheibe Wurst belegt — nein, nichts außer Kuchen.

Und das mir! Ausgerechnet mir, der nichts so sehr verabscheute wie Kuchen!

In einem anderen Zeitalter und in südlicheren Gefilden, in der schönen Stadt Babylon, hatten andere sich ans

Euphratufer gesetzt und ihren Tränen freien Lauf gelassen. Und auf einem unbebauten Grundstück in Kanadas stolzer Hauptstadt setzte auch ich mich und weinte — über einen Kuchenberg. Wie auf das Antlitz eines toten Sohnes, so schaute ich hinab auf diese Mannigfaltigkeit von Feingebäck. Ich war wohl ein undankbarer Tramp, denn ich konnte mich nicht über die Freigebigkeit jener erfreuen, die zweifellos am Tag zuvor eine Party gegeben hatten. Offenbar hatte auch den Gästen der Kuchen nicht geschmeckt.

Dieser Kuchenberg zeigte den Höhepunkt meiner Pechsträhne an. Da es nicht schlimmer kommen konnte, mußte es wieder besser werden. Und so war es auch. Schon im nächsten Haus wurde ich eingelassen. Eingelassen zu werden, kann der Höhepunkt der Glückseligkeit sein. Manchmal wird einem die Gelegenheit geboten, sich frisch zu machen. Dann darf man sich an den Tisch setzen — für Landstreicher ist es ein wahrer Genuß, die Füße unter einem Tisch ausstrecken zu können — und bekommt, gewöhnlich etwas Warmes, zu essen.

Das Haus, in das man mich einließ, war groß und gemütlich. Es stand in einem riesigen Garten mit schönen Bäumen, weitab von der Straße. Man war hier gerade mit dem Essen fertig, und ich wurde in das Speisezimmer geführt. Das an sich ist schon ungewöhnlich, denn der Vagabund, der das Glück hat, überhaupt eingelassen zu werden, bekommt sein Essen normalerweise in der Küche.
Ein grauhaariger, wohlwollender Engländer, seine stattliche Frau und eine junge, bildschöne Französin, die am Tisch sitzen blieben, unterhielten sich mit mir, während ich aß.

Ich frage mich, ob die bezaubernde Französin sich jetzt noch, nach so vielen Jahren, erinnert, wie ich sie zum Lachen brachte, als ich von »ein paar Kröten« sprach. Ich hatte versucht, so unaufdringlich wie nur möglich, anzudeuten, daß ich nicht zu stolz wäre, auch ein bißchen Geld anzunehmen. So hatte ich, scheinbar ganz beiläufig, erwähnt, daß mir ein paar Kröten gut tun würden.

»Was?« hatte sie gefragt.

»Ein paar Kröten«, antwortete ich.

Ich bemerkte, wie ihre Lippen zuckten, als sie erneut fragte: »Was?«

»Ein paar Kröten«, wiederholte ich.

Da konnte sie ihr Lachen nicht mehr zurückhalten. Als sie sich wieder einigermaßen gefaßt hatte, bat sie: »Könnten Sie das nochmal sagen?«

»Ein paar Kröten«, sagte ich erneut. Und wieder brach sie in unkontrollierbares, silberhelles Lachen aus. »Entschuldigen Sie«, bat sie, während sie immer noch von Lachen geschüttelt wurde. »Aber — was haben Sie da gesagt?«

»Ein paar Kröten. Stimmt was nicht?«

»Ich weiß nicht«, kicherte sie. »Aber was wollen Sie denn mit Kröten?«

Ich hätte es wissen müssen! Als Französin kannte sie natürlich den Begriff nicht. Also erklärte ich ihr, daß ich keineswegs an lebenden oder toten Kröten interessiert war, weder zum Verspeisen noch als Haustierchen, sondern daß »ein paar Kröten« ein bißchen Geld war.

Ich erinnere mich jetzt nicht mehr, ob ich ein paar Kröten von ihr bekommen habe, wohl aber an ihr vergnügtes Lachen.

Als ich mich den Bahnanlagen näherte, mußte ich zu meinem Mißvergnügen feststellen, daß bestimmt schon zwanzig Tramps darauf warteten, einen »blinden« Waggon auf dem Überlandzug für sich zu ergattern. Zwei oder drei Tramps auf einem blinden Waggon mochte ja noch angehen. Das fällt gar nicht weiter auf — aber zwanzig! Das konnte einfach nicht gutgehen. Kein Eisenbahner würde ein Auge bei so vielen Tramps zudrücken.

Ich habe bereits erklärt, was ein blinder Waggon ist. Nun, wenn ein Postwagen Türen an den Enden hat, sind sie immer verschlossen, aber die meisten, wie auch andere Waggons, haben vorn und hinten überhaupt keine Türen.

Wenn ein Tramp, nachdem der Zug angefahren ist, auf die Plattform eines blinden Waggons klettert, kann kein Bremser oder Schaffner an ihn heran, um das Fahrgeld zu kassieren oder ihn zu vertreiben. Infolgedessen ist der Vagabund bis zur nächsten Haltestelle sicher.

Dort muß er natürlich sofort abspringen und in der Dunkelheit vorauslaufen, und wenn der Zug dann langsam an ihm vorbeifährt, wieder auf die Plattform des Blinden hochklettern. Trotzdem gibt es so mancherlei, womit man rechnen muß, wie ich gleich erzählen werde.

Als der Zug aus dem Bahnhof herausdampfte, stürzten sich die zwanzig Landstreicher gleich auf die drei Blinden. Einige kletterten hoch, ehe der Zug auch nur eine Wagenlänge gefahren war. Das waren richtige Dummköpfe, und ich sah ihr baldiges Ende auf diesem Zug.

Selbstverständlich war das Zugpersonal auf so was vorbereitet, und an der ersten Haltestelle begannen die Schwierigkeiten so richtig. Ich sprang ab und lief am Gleis entlang voraus. Ich bemerkte, daß mehrere Tramps es mir gleichtaten. Offenbar kannten sie sich aus.

Wenn man sich auf einem Überland halten will, muß man an den Haltestellen immer weit vorauslaufen. Ich rannte und rannte, und nach und nach blieben die anderen zurück. An der Entfernung, die sie zurücklegten, konnte man ihre Gewandtheit und ihren Mut im Aufspringen auf den fahrenden Zug messen.

Denn es geht so weiter: Wenn der Zug anfährt, bleibt ein Bremser auf der Plattform des Blinden. In den Zug kann er nur wieder hinein, wenn er vom Blinden ab- und auf eine Plattform aufspringt, die nicht an einem blinden Wagenende ist. Hat der Zug die Geschwindigkeit erreicht, die der Bremser sich gerade noch zutraut, springt er vom Blinden hinunter, läßt ein paar Wagen an sich vorbeifahren und sieht zu, daß er in den Zug hineinkommt. Also muß der Tramp so weit vorauslaufen, daß der Bremser den Blinden bereits verlassen hat, wenn er ihn erreicht.

Ich ließ den ausdauerndsten Tramp etwa fünfzehn

Meter hinter mir zurück, ehe ich wartend stehenblieb. Der Zug fuhr an. Ich sah die Laterne des Bremsers auf dem ersten Blinden, und ich sah die Dummköpfe verlassen neben den Schienen stehen, als der Blinde an ihnen vorrüberrollte. Sie versuchten gar nicht, auf den Zug zu kommen. Ihre Unfähigkeit hatte sie schon von Anfang an geschlagen.

Ihnen folgten die Tramps, die sich zumindest ein bißchen auskannten. Sie ließen den ersten Blinden mit dem Bremser an sich vorbeifahren und kletterten auf den zweiten und dritten Blinden. Natürlich sprang der Bremser vom ersten ab und auf den zweiten hinauf, als er herankam, und natürlich schaffte er dort Ordnung und warf die Vagabunden hinunter.

Ich war jedenfalls so weit voraus, daß der Bremser den ersten Blinden bereits verlassen hatte und mit den Tramps auf dem zweiten beschäftigt war, als er in meine Höhe kam. Ein halbes Dutzend der geschickteren Vagabunden waren auch weit genug gelaufen, daß der Blinde schon leer war, als er sich ihnen näherte. Sie hatten es also ebenfalls geschafft.

Als wir an der nächsten Haltestelle vorausliefen, zählte ich nur noch fünfzehn von uns. Fünf waren demnach abgeworfen worden oder hatten aufgegeben. Die Auslichtung hatte recht ordentlich begonnen und ging von Haltestelle zu Haltestelle weiter.

Jetzt waren wir vierzehn, jetzt zwölf, jetzt elf, jetzt neun, jetzt acht. Es erinnerte mich an die zehn kleinen Negerlein aus meinem Kinderbuch. Ich war fest entschlossen, das letzte kleine Negerlein zu sein. Warum auch nicht? War ich nicht mit Kraft, Gewandtheit und Jugend gesegnet? (Ich war achtzehn und tipptopp in Form.) Mangelte es mir vielleicht an Mut? Und war ich nicht außerdem ein Spitzentramp? Verglichen mit mir waren die anderen Dummköpfe, blutige Anfänger, Amateure. Wenn ich nicht zum letzten kleinen Negerlein wurde, konnte ich das Trampen gleich aufgeben und mir einen Job auf einer Baumwollfarm suchen.

Als wir auf vier geschrumpft waren, galt uns bereits das Interesse des gesamten Zugpersonals. Von da an wurde es ein Wettkampf der Geschicklichkeit und des Köpfchens, bei dem die Eisenbahner natürlich im Vorteil waren. Einer nach dem anderen meiner drei Mitübriggebliebenen blieb schließlich auf der Strecke, bis tatsächlich nur noch ich da war.

O war ich stolz darauf! Kein Krösus hätte stolzer auf seine erste Million sein können. Ich hielt mich, trotz der zwei Bremser, eines Schaffners, eines Heizers und des Lokomotivführers.

Hier sind ein paar Beispiele, wie ich mich hielt. Weit voraus in der Dunkelheit — so weit, daß der Bremser den Blinden notgedrungen schon vorher verlassen muß — springe ich auf. Schön. Dann habe ich bis zur nächsten Haltestelle meine Ruhe. Dort rase ich wieder voraus. Der Zug fährt an. Ich passe gut auf. Auf dem Blinden ist kein Licht zu sehen. Haben die Burschen das Spiel aufgegeben? Ich weiß es nicht. Man kann es nie wissen und muß deshalb immer auf alles gefaßt sein.

Als der erste Blinde in meine Höhe kommt und ich loslaufe, um aufzuspringen, strenge ich meine Augen an, um zu erkennen, ob der Bremser auf der Plattform steht. Er braucht ja die Laterne bloß gelöscht zu haben und sie mir auf den Schädel zu hauen, wenn ich aufspringe. Es wäre nicht das erstemal, daß ich eine Laterne auf den Kopf bekomme.

Aber nein, der erste Blinde ist leer. Der Zug nimmt Fahrt auf. Bis zur nächsten Haltestelle bin ich sicher. Bin ich das wirklich? Ich spüre, wie der Zug langsamer wird. Sofort bin ich hellwach. Man hat etwas gegen mich vor, aber ich weiß nicht was. Ich versuche nach beiden Seiten gleichzeitig Ausschau zu halten und auch den Tender vor mir nicht aus dem Auge zu lassen. Von einer oder allen drei Richtungen kann ein Angriff erfolgen.

Ah, es geht schon los. Der Bremser ist auf der Lokomotive mitgefahren. Das wird mir erst klar, als seine Füße etwas heftig auf dem rechten Trittbrett des Blinden aufschlagen. Wie der Blitz verschwinde ich nach links und laufe an der Lokomotive vorbei voraus und tauche in der Dunkelheit unter. Die Lage ist die gleiche wie bei jeder Haltestelle, seit wir Ottawa verließen. Ich bin dem Zug voraus, und er muß an mir vorbei, wenn er seine Reise fortsetzen will. Meine Chance aufzuspringen ist nicht schlechter als bisher.

Ich passe gut auf. Ich sehe eine Laterne, die sich der Lokomotive nähert, aber nicht mehr zurückkehrt. Also muß sie noch auf der Lokomotive sein, und die Annahme ist naheliegend, daß die Laterne nicht ohne Bremser ist. Und dieser Bremser war faul, sonst hätte er sie gelöscht und nicht nur die Hand vorgehalten, als er auf die Lokomotive kletterte.

Der Zug kommt in meine Höhe. Der erste Blinde ist leer, und ich springe auf. Wie zuvor fährt der Zug wieder langsamer, der Bremser von der Lokomotive klettert von einer Seite auf meine Plattform, während ich sie auf der anderen verlasse und voraussause.

Während ich in der Dunkelheit warte, schlägt mein Herz vor Stolz höher. Der Überland hat zweimal gehalten — meinetwegen, wegen eines armen Landstreichers auf der Walz.

Ich ganz allein habe zweimal den Überland mit seinen vielen Fahrgästen und Wagen, seiner Regierungspost und seinen zweitausend Pferdestärken aufgehalten.

Und ich wiege nur fünfundsiebzig Kilo und habe nicht einmal fünf Cent in meiner Tasche!

Wieder sehe ich, wie die Laterne sich auf die Lokomotive zu bewegt. Diesmal versucht der Bremser nicht einmal sie abzuschirmen. Das ist merkwürdig. Das Ganze ist etwas zu gekünstelt. Ich frage mich, was sie jetzt im Schilde führen. Jedenfalls bin ich überzeugt, daß ich mich diesmal vor etwas anderem in acht nehmen muß als vor dem Bremser auf der Lokomotive.

Wie der Blitz verschwinde ich nach links und laufe an der Lokomotive vorbei voraus und tauche in der Dunkelheit unter. (Seite 32)

Der Zug fährt an mir vorbei. Gerade noch, ehe ich zum Sprung ansetze, sehe ich etwas Dunkles auf dem ersten Blinden: einen Bremser ohne Laterne. Ich lasse ihn also an mir vorbei und mache mich für den zweiten Blinden bereit. Aber der Bremser vom ersten ist abgesprungen und mir auf den Fersen. Auch sehe ich aus den Augenwinkeln die Laterne des Bremsers von der Lokomotive. Er ist ebenfalls abgesprungen, und nun sind beide auf der gleichen Seite wie ich.

Im nächsten Moment kommt der zweite Blinde vorbei, und ich bin schon auf seiner Plattform. Aber ich bleibe nicht. Ich habe mir einen Gegenzug ausgedacht.

Als ich über die Plattform sause, höre ich die Füße des Bremsers auf dem Trittbrett. Ich hüpfe auf der anderen Seite hinunter und rase voraus. Mein Plan ist, mich auf den ersten Blinden zu schwingen. Ich muß mich sehr anstrengen, denn der Zug wird schneller. Außerdem ist der Bremser mir gefolgt und läuft hinter mir her. Aber ich bin wohl der bessere Sprinter, denn ich schaffe es auf den ersten Blinden.

Vom Trittbrett aus beobachte ich meinen Verfolger. Er ist nur dreieinhalb Meter zurück und gibt sein Bestes. Doch inzwischen ist der Zug etwa genauso schnell wie er, und von mir aus gesehen, scheint er stillzustehen. Ich sporne ihn an, strecke die Hand aus, aber er weiß es nicht zu schätzen. Er flucht wütend und gibt das Wettrennen auf. Ein paar Wagen weiter klettert er in den Zug zurück.

Der Zug hat volle Fahrt angenommen.

Ich amüsiere mich immer noch über das Schnippchen, das ich den Burschen geschlagen habe, als mich völlig unerwartet ein Wasserstrahl trifft. Der Heizer richtet von der Lokomotive aus den Schlauch auf mich.

Ich steige von der Plattform zum hinteren Tenderende, wo mich der Überhang schützt. Der Wasserstrahl zischt über meinen Kopf, ohne mir etwas anhaben zu können. Ich habe gute Lust, auf den Tender zu klettern, um mich beim

Heizer mit einem gut gezielten Kohlenbrocken für die Dusche zu bedanken.

Aber ich weiß, wenn ich es täte, würden er und der Lokomotivführer mich auseinandernehmen. Also beherrsche ich mich.

Kaum hält der Zug das nächste Mal, schieße ich schon voraus in die Dunkelheit. Diesmal stehen beim Anfahren beide Bremser auf dem ersten Blinden, aber ich kann mir gut vorstellen, was sie beabsichtigen. Sie vermasseln mir eine Wiederholung meiner vorherigen Taktik. Ich kann nicht, wie zuvor, auf den zweiten Blinden aufspringen, über die Plattform und wieder zur Zugspitze laufen.

Als der erste Blinde in meiner Höhe ist und ich nicht aufspringe, schwingen sie sich herab, der eine auf meiner, der zweite auf der anderen Wagenseite.

Ich steige auf den zweiten Blinden, und weiß natürlich, daß sofort die beiden Bremser gleichzeitig links und rechts auftauchen werden. Es ist wie eine Falle. Sie blockieren beide Auswege. Aber es gibt einen dritten, den nach oben.

Also warte ich nicht auf meine Verfolger, sondern klettere an den Eisenhalterungen der Plattform hoch und stehe auf dem Rad der Handbremse. Damit ist die Gnadenfrist auch schon vorbei, und ich höre die Bremser zu beiden Seiten auf die Trittbretter springen.

Ich gönne mir keine Zeit, mich nach ihnen umzudrehen. Ich strecke die Arme zu den beiden leicht nach unten gebogenen Wagendächern hoch und klammere mich mit der Linken an den Rand des einen und mit der Rechten an den des anderen Daches.

Jetzt kommen die Bremser auf die Plattform. Ich weiß es, obgleich ich zu beschäftigt bin, einen Blick auf sie zu werfen. All das spielt sich in Sekundenschnelle ab. Ich lege alle Kraft in meine Hände, stoße mich mit den Füßen ab und schwinge die Beine hoch. Im gleichen Augenblick greifen beide Bremser nach mir, kriegen aber nur noch leere Luft zu fassen. Das weiß ich, weil ich hinunterschaue und sie sehe. Und ich höre sie erbittert fluchen.

Ganz ungefährlich ist meine Lage nicht, wie ich so gleichzeitig von zwei gegenüberliegenden gewölbten Dachrändern hänge. Mit aller Muskelkraft schwinge ich beide Beine auf die Wölbung eines Daches und halte mich mit beiden Händen am anderen fest. Dann klammere ich mich an den Rand dieses geschwungenen Daches und klettere über die Wölbung auf das flache Dach, wo ich mich setze, um zu Luft zu kommen, dabei halte ich mich an der Entlüfterkappe fest, die aus dem Dach ragt. Jetzt bin ich also oben — auf dem »Deck«, in der Trampsprache.

Der Vorgang, den ich hier beschrieben habe, heißt im Jargon der Eisenbahntramps »decken«. Es sollte hier gleich gesagt werden, daß nur ein junger, behender Vagabund imstande ist, einen Schnellzug zu decken, und daß auch dieser junge, behende Vagabund keine Nerven kennen darf.

Der Zug wird immer schneller. Das bedeutet, daß ich bis zur nächsten Haltestelle sicher bin — aber auch nur bis dahin. Bliebe ich dort auf dem Dach, würden die Bremser mich mit Steinen bombardieren. Und ein kräftiger Bursche kann ziemlich schwere Steine auf das Deck hageln lassen — sagen wir, Steine zwischen zwei und viereinhalb Kilo.

Andererseits aber ist ziemlich sicher, daß die Bremser an der nächsten Haltestelle darauf warten werden, daß ich dort hinuntersteige, wo ich hochgeklettert bin. Infolgedessen muß ich mir eine andere Plattform aussuchen.

In der Hoffnung, daß während der nächsten Kilometer keine Unterführung kommt, stehe ich auf und spaziere in Gegenrichtung über etwa ein halbes Dutzend Wagen. Ängstlich darf man aber bei so einem Ausflug nicht sein. Die Dächer von Personenwagen sind nicht für einen mitternächtlichen Spaziergang geschaffen. Wenn jemand mir nicht glaubt, so soll er doch über das Dach eines rüttelnden, schlingernden Wagens stapfen, wo er sich an nichts anderem festhalten kann als an dunkler leerer Luft. Und wenn er zum gewölbten Dachende kommt, das vom Tau naß und glitschig ist, muß er schon einen Anlauf nehmen, um zum nächsten, nicht weniger abfallenden, nassen und glitschigen Dach zu springen. Er wird schnell herausfinden, ob er ein schwaches Herz hat oder zu Schwindelanfällen neigt.

Als der Zug langsamer wird, klettere ich auf eine Plattform hinunter, die etwa sechs Wagen hinter der liegt, von der aus ich aufs Dach gelangt war. Niemand ist hier.

Kaum hält der Zug an, schleiche ich mich hinunter. Voraus, zwischen mir und der Lokomotive, sind zwei recht bewegte Laternen. Die Bremser leuchten zu den Dächern hoch, wo sie mich vermuten. Mir fällt auf, daß der Wagen, neben dem ich stehe, vierrädrig ist. (Wenn man auf dem Untergestell fahren will, muß man aufpassen, daß man sich ja keinen sechsrädrigen auswählt, denn die sind gefährlich.)

Ich ducke mich und nähere mich dem Längsträger. Ich muß schon sagen, ich bin arg froh, daß der Zug steht. Es ist das erstemal, daß ich je unter den Kanada-Pazifik gekrochen bin. Sein Untergestell ist mir neu. Ich versuche, hinaufzuklettern, aber zwischen Rahmen und Wagenboden ist nicht genügend Zwischenraum, daß ich mich hindurchzwängen könnte. Das ist mir auch noch nicht passiert. Aus den Vereinigten Staaten bin ich es gewöhnt, auf wirklich schnellen Zügen unterzukriechen, indem ich mich am Längsträger festhalte, die Füße auf die Bremsstange schwinge und zu der Stelle hinabkrieche, wo Diagonal- und Querverbindungen zusammentreffen.

Ich taste mit den Händen in der Dunkelheit herum und stelle fest, daß zwischen Bremsstange und dem Boden Platz ist, wenn auch nicht viel. Ich muß mich auf den Bauch legen und hindurchwinden. Auf dem Untergestell mache ich es mir so bequem es eben geht und frage mich, wo die Bremser mich wohl jetzt vermuten. Der Zug fährt an. Endlich haben sie es aufgegeben.

Haben sie das wirklich?

An der nächsten Haltestelle sehe ich, daß sie mit einer Laterne auf das Untergestell neben meinem, aber am entgegengesetzten Wagenende, leuchten. Sie suchen also jetzt schon auf dem Rahmen nach mir. Ich muß schleunigst verschwinden. Auf dem Bauch krieche ich unter die Bremsstange.

Sie entdecken mich und laufen auf mich zu, aber ich haste auf Händen und Knien über das Gleis auf die andere Seite und springe auf die Füße. Schon sause ich los. Ich laufe an der Lokomotive vorbei ins schützende Dunkel. Es ist wieder wie vielmals zuvor. Ich warte auf den Zug, der an mir vorbei muß.

Er fährt an. Auf dem ersten Blinden brennt eine Laterne. Ich rühre mich nicht und sehe, wie der eifrig spähende Bremser an mir vorbeifährt. Auf dem zweiten Blinden leuchtet ebenfalls eine Laterne. Der Bremser hier entdeckt mich und ruft dem anderen auf dem ersten Blinden zu. Beide springen ab. Macht nichts. Ich nehme eben den dritten Blinden und »decke« ihn.

Aber — o Schreck! — auch da scheint eine Laterne. Es ist der Schaffner. Ich lasse ihn an mir vorbei. Zumindest habe ich jetzt das gesamte Zugpersonal vor mir. Ich drehe mich um und renne in die dem Zug entgegengesetzte Richtung. Ein Blick über die Schulter verrät mir, daß alle drei Laternen baumelnd hinter mir her sind. Ich sprinte.

Schon gut die Hälfte des Zuges ist an mir vorbei, und er fährt ganz schön schnell, als ich aufspringe. Ich weiß, daß die beiden Bremser und der Schaffner in zwei Minuten wie geifernde Wölfe hier sein werden. Ich springe auf das Rad der Handbremse, klammere mich an die gewölbten Dachenden und stemme mich auf »Deck«, während meine bitter enttäuschten Verfolger sich auf der Plattform versammeln wie Hunde, die eine Katze den Baum hochgehetzt haben. Sie fluchen wild und lassen sich nicht gerade schmeichelnd über meine Vorfahren aus.

Aber damit können sie mir nichts anhaben und ihnen hilft es auch nichts, außer eben, daß sie Dampf ablassen. Mit dem Lokomotivführer und dem Heizer — von der ganzen Maschinerie des Gesetzes und einer mächtigen

Gesellschaft hinter ihnen ganz zu schweigen — sind sie fünf gegen einen, und ich führe sie an der Nase herum.

Ich bin zu weit am Ende des Zuges, also laufe ich über die Dächer, bis ich die fünfte oder sechste Plattform von der Lokomotive unter mir habe. Vorsichtig spähe ich hinunter. Ein Bremser steht da. Daß er auf mich aufmerksam geworden ist, beweist sein verstohlener Rückzug in den Wagen. Er weiß nicht, daß ich ihn gesehen habe. Ich dagegen weiß, daß er hinter der Tür lauert, um sich auf mich zu stürzen, sobald ich hinunterklettere. Aber ich tue so, als ahnte ich es nicht, und bleibe, wo ich bin, um ihn in seinem Glauben zu lassen. Ich sehe ihn zwar nicht, aber ich weiß, daß er einmal kurz die Tür öffnet und hochschaut, um sich zu vergewissern, daß ich noch da bin.

Der Zug fährt langsamer, weil wir uns einer Haltestelle nähern. Ich lasse meine Beine probehalber hinunterhängen. Der Zug hält an. Meine Beine baumeln. Ich höre, wie der Türverschluß sich ganz leise öffnet. Der Bremser ist zu meinem Empfang bereit. Völlig unerwartet für ihn springe ich hoch und hinüber zum nächsten Dach, geradewegs über ihn — der hinter der Tür lauert — hinweg. Der Zug steht, die Nacht ist still, und ich bemühe mich, mit meinen Füßen soviel Krach wie nur möglich auf dem Metalldach zu machen. Ich weiß es natürlich nicht sicher, aber ich nehme an, daß er jetzt vorwärts läuft, um mich abzufangen, wenn ich bei der nächsten Plattform hinunterkomme.

Aber das tue ich nicht. Etwa auf halbem Weg mache ich kehrt und husche zu der Plattform zurück, die sowohl der Bremser als auch ich gerade erst hinter uns zurückgelassen haben.

Der Weg ist frei. Ich klettere auf die abgelegene Gleisseite hinunter und verstecke mich in der Dunkelheit. Niemand hat mich gesehen.

Ich drücke mich an den Zaun des Bahngeländes und beobachte, was sich tut.

Aha! Was ist denn das? Eine Laterne bewegt sich von

Zugspitze zum Zugende über die Wagendächer. Sie glauben, ich sei noch nicht heruntergeklettert, und suchen oben nach mir. Aber noch besser — auf dem Boden, zu beiden Seiten des Zuges, halten zwei Laternen Schritt mit der oberen. Es ist eine Hasenjagd, und ich soll der Hase sein. Wenn der Bremser auf dem Dach mich aufgespürt hat, sollen die anderen zwei sich auf mich stürzen.

Ich drehe mir eine Zigarette und sehe zu, wie das Dreigespann weiterzieht. Sobald sie an mir vorbei sind, kann ich ungestört zur Zugspitze laufen.

Der Zug fährt an, und ich erreiche ungehindert den vordersten Blinden. Doch ehe der Zug richtig in Fahrt ist und ich es mir auf der Plattform gemütlich mache, werde ich — gerade als ich mir meine Zigarette anzünde — auf den Heizer aufmerksam, der über die Kohlen zum hinteren Ende des Tenders geklettert ist und zu mir herunterschaut. Aus seiner Position kann er mich mit Kohlenstücken zu Mus machen. Statt dessen öffnet er die Lippen und spricht mich an. Zu meiner unbeschreiblichen Erleichterung höre ich Bewunderung aus seiner Stimme.

»Du Teufelskerl!« sagt er.

Das ist ein großes Kompliment, und Stolz durchschauert mich, als wäre ich ein Schulkind, das vor allen Mitschülern ausgezeichnet wird.

»Hör zu«, rufe ich zu ihm hinauf. »Mach das nicht nochmal mit deinem Schlauch.«

»Okay«, brummt er und widmet sich wieder seiner Arbeit.

Mit ihm stehe ich mich jetzt also gut, aber die Bremser sind immer noch hinter mir her, genau wie der Schaffner. An der nächsten Haltestelle postieren sie sich auf allen drei Blinden, und wie zuvor lasse ich sie an mir vorbei und »decke« in der Mitte des Zuges. Aber die Besatzung ist jetzt richtig in Fahrt. Sie setzt alles daran, mich abzuhängen.

Dreimal hält der mächtige Transkontinental meinetwegen an dieser Station, und jedesmal entwische ich und schaffe es auf Deck. Doch es ist hoffnungslos, denn endlich dämmert es ihnen. Sie haben gelernt, daß sie den Zug nicht vor mir schützen können. Sie müssen etwas anderes unternehmen.

Das tun sie. Als der Zug dieses letztemal anhält, setzen sie mir nach. Ah, ich durchschaue sie. Sie wollen mich zum Zugende hetzen. Ich weiß, was das bedeutet. Bin ich erst einmal dort, wird der Lokomotivführer Dampf geben, und ich bleibe zurück.

Ich mache kehrt, schlage Haken, schlüpfe zwischen meinen Verfolgern hindurch und erreiche die Zugspitze. Ein Bremser ist mir immer noch auf den Fersen. Na schön, ich werde ihm was zu laufen geben, bis ihm die Puste ausgeht, was mir nicht passieren wird.

Ich laufe am Gleis entlang. Mir macht es nichts aus. Selbst wenn er fünfzehn Kilometer hinter mir herjagt, in den Zug muß er trotzdem wieder, und ich kann genau so gut aufspringen wie er.

Also laufe ich weiter und halte immer einen annehmbaren Abstand ein, während ich meine Augen anstrenge, um in der Dunkelheit nicht über Bremsen oder sonst was zu stolpern. Aber, o je, ich bemühe mich zu sehr, ein wenig weiter voraus zu sehen, daß ich über etwas unmittelbar vor meinen Füßen purzle. Was es ist, weiß ich nicht, jedenfalls etwas nicht sehr Großes, aber es genügt, mich Bekanntschaft mit dem harten Boden schließen zu lassen.

Ich bin zwar im nächsten Moment wieder auf den Füßen, aber da hat der Bremser mich schon am Kragen. Ich wehre mich nicht. Ich bin damit beschäftigt, tief Luft zu holen und ihn zu mustern. Er ist schmalschultrig, und ich wiege bestimmt etwa fünfzehn Kilo mehr als er. Außerdem ist er nicht weniger müde als ich. Wenn er versuchen sollte, mir eine zu verpassen, wird er mich kennenlernen.

Aber er hat gar nicht vor, mich zu vermöbeln. Stattdessen läßt er mich zum Zug zurückmarschieren.

Da taucht ein neues Problem auf. Ich sehe die Laternen des Schaffners und des zweiten Bremsers. Wir werden die beiden bald erreicht habe.

Nicht umsonst habe ich die Bekanntschaft der New Yorker Polizei gemacht. Nicht umsonst habe ich in Güterwagen, an den Wasserstationen und in Gefangniszellen die gräßlichen Geschichten über Mißhandlungen gehört. Was war, wenn diese drei Männer vereint über mich herfielen? Weiß Gott, gereizt habe ich sie wahrhaftig genug. Hastig überlege ich. Immer näher kommen wir den zweien. Ich werfe einen schnellen Blick auf Bauch und Kinn des Bremsers, der mich festhält, und plane Kinn- und Magenhaken, die ich ihm bei der ersten verdächtigen Bewegung versetzen werde.

Ha! Ich kenne noch einen Trick, den ich ganz gerne an ihm versuchen würde, ich bedauere es fast, daß ich ihn nicht angewandt habe, als er mich zu fassen bekam. Ich könnte ihm ganz schön mitspielen, so, wie er mich hält. Er hat die Finger fest in meinen Kragen verkrallt. Meine Jacke ist bis oben zugeknöpft. Wissen Sie, was eine Aderpresse ist? Nun, das hier ist eine. Ich muß nur meinen Kopf unter seinen Arm ducken und mich herumdrehen. Schnell muß ich mich drehen, ganz schnell. Ich weiß genau, wie ich es machen muß. Heftig und ruckartig muß ich mich drehen und bei jeder Umdrehung den Kopf unter seinen Arm ducken.

Ehe es ihm klar wird, stecken die Finger, mit denen er mich jetzt festhält, selbst fest. Er wird sie nicht mehr herausziehen können. Sie sind eingequetscht. Zwanzig Sekunden, nachdem ich mich zu drehen angefangen habe, wird das Blut unter den Fingernägeln hervorspritzen, die feinen Sehnen werden reißen und alle Muskeln und Nerven zerquetscht, bis alles eine einzige blutige Masse ist. Versuchen Sie es doch einmal, wenn jemand Sie am Kragen packt. Aber Sie müssen schnell sein — blitzschnell! Und Sie müssen beim Herumwirbeln Gesicht und Unterleib schützen, indem Sie den linken Arm vors Gesicht legen und den rechten über den Bauch. Der andere könnte ja versuchen, Sie durch einen Fausthieb mit der freien Hand außer Gefecht zu setzen. Ratsam ist es auch, daß Sie sich von dem freien Arm weg-, nicht sich ihm zudrehen. Ein Schlag in der Richtung der eigenen Bewegung ist nie so schlimm wie einer in der Gegenrichtung.

Der Bremser wird nie wissen, wie nahe er daran war, einen sehr, sehr schmerzhaften Denkzettel verpaßt zu bekommen. Sein Glück ist, daß es gar nicht beabsichtigt ist, mir übel mitzuspielen. Als wir nahe genug heran sind, ruft er den beiden anderen entgegen, daß er mich geschnappt hat, und sie signalisieren, daß der Zug anfahren soll. Die Lokomotive dampft an uns vorbei, genau wie die drei Blinden. Danach springen der Schaffner und der zweite Bremser auf, aber der andere läßt mich nicht los. Ich kenne seine Absicht. Er wird mich festhalten, bis die letzten Wagen heran sind. Dann wird er aufspringen, und ich bleibe zurück — abgehängt.

Aber der Zug fährt schnell. Die verlorene Zeit muß eingeholt werden. Auch ist es ein sehr langer Zug. Ich sehe, daß der Bremser seine zunehmende Geschwindigkeit mit Besorgnis mißt.

»Glauben Sie, Sie werden es schaffen?« frage ich unschuldig.

Er gibt mich frei, rast los und ist auch schon auf einem Trittbrett.

Ein paar Wagen kommen noch. Das weiß er natürlich. Also bleibt er auf dem Trittbrett, streckt den Kopf vor und läßt mich nicht aus den Augen.

In diesem Moment weiß ich, was ich tun muß: auf die letzte Plattform springen. Der Zug beschleunigt weiter. Aber was kann schon passieren, wenn ich es nicht schaffe? Ich rolle höchstens in den Dreck. Mein ist der Optimismus der Jugend.

Ich lasse mir meine Absicht nicht anmerken. Meine hängenden Schultern sollen zeigen, daß ich jede Hoffnung aufgegeben habe. Gleichzeitig aber machen meine Füße sich mit dem Kies vertraut. Er bietet einen ausgezeichneten Halt. Außerdem beobachte ich den herausgestreckten Kopf des Bremsers. Ich sehe, wie er ihn zurückzieht. Er ist überzeugt, daß der Zug bereits viel zu schnell ist, als daß ich es noch schaffen könnte.

Ja, der Zug fährt wirklich schnell, schneller als jeder, auf den ich bisher aufgesprungen bin. Als der letzte Wagen herankommt, sprinte ich dicht am Gleis in Fahrtrichtung. Es ist ein flinker, kurzer Spurt. Ich kann zwar nicht hoffen, das Tempo des Zuges zu erreichen, wohl aber kann ich den Unterschied zwischen seiner und meiner Geschwindigkeit auf ein Mindestmaß bringen und dadurch den Aufprall mildern, wenn ich auf das Trittbrett springe.

In der Schnelligkeit kann ich im Dunkeln das eiserne Geländer der hintersten Plattform nicht sehen, und ich habe auch keine Zeit, mich danach umzuschauen. Ich greife dorthin, wo ich glaube, daß es sein müßte, und im gleichen Moment verlassen meine Füße den Boden. Es ist reine Glückssache. Im nächsten Augenblick kann ich schon mit Rippen- oder Arm- oder Beinbrüchen oder gar mit zerschmettertem Schädel über den Kies rollen. Aber meine Finger haben das Geländer umklammert. Ich spüre einen heftigen Ruck im Arm, der mich halb herumdreht, und schon prallen meine Füße auf dem Trittbrett auf.

Ich setze mich nieder und bin ungeheuerlich stolz. Es ist die beste Zugbezwingung meiner ganzen Trampzeit.

Ich weiß, daß man in der Nacht auf der hintersten Plattform sicher ist, zumindest ein paar Stationen weit. Aber ich möchte lieber kein Risiko eingehen. Am nächsten Bahnhof laufe ich auf der abgelegenen Seite nach vorn, vorbei an den Schlafwagen, dann krieche ich unter einen Personenwagen und kauere mich auf das Untergestell. An der nächsten Haltestelle laufe ich erneut weiter nach vorn und suche mir wieder ein Untergestell aus.

Ich bin jetzt verhältnismäßig sicher. Das Zugpersonal ist der irrigen Meinung, mich abgehängt zu haben. Aber der lange Tag und die Anstrengungen der Nacht beginnen sich bemerkbar zu machen. Außerdem ist es unter dem Wagen weder so windig noch so kalt wie auf einer Plattform, und ich merke schon, daß ich einnicken werde. Aber das darf ich nicht. Auf dem Untergestell zu schlafen, ist der Tod. Also krieche ich an einer Station wieder hervor und laufe zum zweiten Blinden. Hier kann ich mich ausstrecken und schlafen. Und hier schlafe ich auch. Wie lange, weiß ich nicht, denn der Schein einer Laterne in den Augen weckt mich.

Die beiden Bremser starren auf mich herunter. Ich springe abwehrbereit hoch und frage mich, welcher der beiden als erster über mich herfallen wird. Aber sie denken gar nicht an Gewalttätigkeit.

»Ich hab' gedacht, ich hab' dich abgehängt«, sagte der, der mich am Kragen zu fassen gekriegt hatte.

»Wenn Sie mich nicht rechtzeitig losgelassen hätten, wären Sie mit mir abgehängt worden«, erkläre ich.

»Wieso?« fragt er verblüfft.

»Weil ich Sie ganz einfach festgehalten hätte«, erwidere ich.

Sie stecken die Köpfe zusammen und beraten. Ihr Richtspruch lautet folgendermaßen: »Na, dann fahr mit, Kumpel. Es ist sinnlos, dich abhängen zu wollen.«

Sie verziehen sich und lassen mich bis zu ihrer Zielstation in Ruhe.

Ich habe hier ein Beispiel gegeben, was »sich halten« bedeutet. Natürlich habe ich aus meiner reichen Erfahrung eine Nacht gewählt, in der ich Glück hatte, und nichts von den Nächten erwähnt — und es waren ihrer viele —, wo Fortuna mir weniger hold war und man mich »abhängte«.

Abschließend möchte ich noch erzählen, was geschah, als wir die Ausweichstation erreichten. Auf eingleisigen Transkontinentalstrecken wartet der Güterzug in den Ausweichstationen und folgt den Expreßzügen. Beim Erreichen der Ausweichstation verließ ich den Kanada-Pazifik und sah mich nach dem Güterzug um, der nach ihm abfahren würde. Er wartete bereits auf einem Nebengleis. Ich kletterte in einen Waggon, der halbvoll mit Kohlen war, und legte mich nieder. Ich schlief sofort ein.

Das Aufschieben einer Tür weckte mich. Ein kalter, unfreundlicher Morgen graute, und der Güterzug war noch nicht abgefahren. Der Ladeschaffner steckte den Kopf herein.

»Marsch, raus mit dir, du Strolch!« brüllte er.

Ich gehorchte und sah ihm nach, wie er den ganzen Zug entlangstiefelte und in jeden Waggon hineinschaute. Als er außer Sicht war, dachte ich mir, er würde nie auf die Idee kommen, daß ich so frech wäre, in den gleichen Wagen zurückzusteigen, in dem er mich ertappt hatte. Also kletterte ich wieder hinein und machte es mir bequem.

Der Gedankengang des Ladeschaffners dürfte meinem jedoch sehr geähnelt haben, denn er dachte sich, daß ich es genau so machen würde. Er kam zurück und verjagte mich ein zweites Mal.

Aber damit, daß ich es ein drittes Mal versuchen würde, rechnete er ganz sicher nicht, dachte ich. Wieder kehrte ich in den gleichen Waggon zurück. Aber ich beschloß sicherzugehen. Nur eine Seitentür konnte geöffnet werden, die andere war vernagelt. An dieser Tür grub ich ein Loch in die Kohlen und legte mich hinein.

Ich hörte, wie die Tür aufglitt. Der Ladeschaffner kletterte den Kohlenhaufen hoch und schaute sich um. Sehen konnte er mich nicht. Er rief, ich sollte verschwinden. Ich versuchte ihn zu täuschen, indem ich mich völlig still verhielt. Aber als er große Kohlenstücke in das Loch über mir zu werfen begann, gab ich auf und wurde zum drittenmal aus dem Wagen verwiesen. Er machte mir auch sehr eindringlich klar, was passieren würde, wenn er mich noch einmal hier finden würde.

Ich änderte meine Taktik. Wenn jemand genauso denkt, wie man selbst, muß man ihn abhängen. Man muß seine Gedankengänge abrupt abbrechen und in einer neuen Richtung denken. Das tat ich. Ich versteckte mich zwischen den Wagen auf dem nächsten Gleis und paßte auf. Tatsächlich! Der Ladeschaffner kam noch einmal zu »meinem« Waggon. Er öffnete die Tür, kletterte den Kohlenhaufen

Der Ladeschaffner kletterte den Kohlenhaufen hoch und schaute sich um. (Seite 46)

hoch, forderte mich auf, herauszukommen und warf, als ich nicht antwortete, wieder Kohlen in das Loch, das ich gegraben hatte. Er kroch sogar über die Kohlen und schaute in das Loch hinein. Endlich war er zufrieden.

Fünf Minuten später fuhr der Güterzug an, und der Ladeschaffner war nirgends zu sehen. Ich rannte neben meinem Waggon her, zog die Tür auf und kletterte hinein. Er hat mich nicht mehr gesucht, und ich fuhr in dem Kohlenwagen ganze sechzehnhundertfünfunddreißig Kilometer völlig ungestört.

Die meiste Zeit schlief ich, und an den Ausweichstationen (wo die Güterzüge immer auf mindestens eine Stunde anhalten) stieg ich aus, um mir etwas Essen zu erbetteln.

Und am Ende der sechzehnhunderfünfunddreißig Kilometer verlor ich den Wagen durch einen glücklichen Zufall. Ich wurde »eingelassen«, und es gibt bestimmt keinen Tramp, der nicht jeden Zug abfahren lassen würde, wenn er die Beine unter einen Tisch strecken darf und etwas Gutes vorgesetzt bekommt.

BILDER

Das Schönste am Vagabundenleben ist vielleicht, daß es nie eintönig wird. Im Trampland ist das Dasein vielgestaltig — ein ständig wechselndes Scheinbild, wo das Unmögliche wahr wird und das Unerwartete hinter jeder Ecke hervorspringt. Der Vagabund weiß nie, was im nächsten Moment geschehen wird, er lebt nur für den Augenblick. Er hat gelernt, wie müßig es ist, Pläne zu schmieden, und er kennt den Reiz, sich vom Zufall lenken zu lassen.

Ich denke oft an meine Vagabundenzeit, und immer wieder staune ich über die schnelle Reihenfolge der Bilder, die sich vor mein inneres Auge schieben. Es spielt keine Rolle, wo ich beginne, denn jeder Tag ist ein Tag für sich und hat seine eigenen, schnell vorüberziehenden Bilder.

So erinnere ich mich, beispielsweise, an einen sonnigen Sommermorgen in Harrisburg, Pennsylvanien, und sofort sehe ich seinen vielversprechenden Anfang: zwei alleinstehende ältere Damen öffneten mir die Tür, und ich fand Einlaß. Sie führten mich auch nicht in ihre Küche, sondern boten mir einen Platz im Eßzimmer, neben ihnen am Tisch, an.

Wir aßen Eier aus Eierbechern! Es war das erstemal in meinem Leben, daß ich Eierbecher sah, nicht einmal gehört hatte ich bisher davon. Ich muß zugeben, daß ich anfangs ein wenig linkisch war, aber ich hatte Hunger und war nicht so leicht in Verlegenheit zu bringen. Ich wurde mit den Eierbechern fertig und mit den Eiern ebenfalls, und zwar so, daß die beiden alten Jungfern ihr Staunen nicht verbergen konnten.

Kein Wunder, sie selbst aßen wie Kanarienvögel, füllten die kleinen Löffelchen nicht einmal, und nahmen nur winzige, zögernde Bissen von den dünnen Toastscheiben.

Das Leben rührte sich kaum in ihnen, dünn floß das Blut durch ihre Adern, und sie hatten ja auch in weichen warmen Betten geschlafen.

Ich dagegen war die ganze Nacht unterwegs gewesen und hatte viel Körperkraftstoff verbraucht, allein um mich warmzuhalten, während ich mich von einem Ort namens Emporium, im Norden des Staates, bis hierher durchschlug. Hauchdünnes Toastbrot! Ein Genuß! Aber eine Scheibe war für mich nicht mehr als ein Mundvoll — nein, bloß ein Bissen. Wie umständlich, wenn man nach jedem Bissen aufs neue zugreifen muß, wo man doch so viele Bissen nötig hat.

Als ich ein ganz kleiner Junge war, hatte ich einen ganz kleinen Hund. Punch hieß er. Ich fütterte ihn immer selbst. Jemand in der Familie hatte eine Menge Enten geschossen, und es gab ein üppiges Mahl. Als ich fertig gegessen hatte, richtete ich Punchs Futter her: einen Riesenteller mit Knochen und Leckerbissen. Ich trug ihn vors Haus, um ihn Punch vorzusetzen. Nun war aber ein Besucher von einer benachbarten Ranch zu uns herübergeritten und hatte seinen Hund mitgebracht: einen Neufundländer, so groß wie ein Kalb. Ich stellte den Teller auf den Boden. Punch wedelte mit dem Schwanz und machte sich über sein Futter her. Bei der Menge hatte er bestimmt Glückseligkeit für eine halbe Stunde.

Da kam etwas angestürmt. Punch wurde zur Seite gefegt wie ein Strohhalm von einem Orkan, und der Neufundländer stürzte sich über den Teller. Obwohl er bei seiner Größe und Körperkraft sicher nicht so leicht zu befürchten brauchte, daß jemand ihm sein Futter streitig machte, mußte er sich wohl angewöhnt haben, es vorsichtshalber hastig hinunterzuschlingen. Jedenfalls hatte er den Teller leer, noch ehe mein Fußtritt, zu dem ich sofort ausgeholt hatte, ihn traf. Und dann leckte er auch noch das bißchen Fett auf, das auf dem Teller haften geblieben war.

So, wie der große Neufundländer sich bei Punchs Teller benommen hatte, so benahm ich mich jetzt am Tisch der beiden Jungfern in Harrisburg — ich fegte ihn leer. Ich zerbrach nichts, aber ich räumte mit den Eiern auf, dem Toast und dem Kaffee.

Das Dienstmädchen brachte Nachschub, doch er genügte nicht. Ich hielt sie in Trab, und sie brachte weiteren Nachschub. Der Kaffee war köstlich, aber die Tassen winzig. Wie blieb mir da Zeit zum Essen, wenn ich ständig neu einschenken mußte?

Na ja, jedenfalls konnte ich diese Unterbrechungen nützen, meiner Zunge freien Lauf zu lassen. Die beiden älteren Damen mit ihrer rosigweißen Haut und den Silberlöckchen hatten dem Abenteuer nie selbst ins feurige Antlitz geblickt. Wie der »Tramp-Royal« (das ist ein Vollbluttramp oder auch ein Tramp-Fürst, je nachdem, wie man es haben will) sagen würde: sie waren ihr Leben lang auf der selben Strecke gefahren. In die Enge ihres ereignislosen Daseins mit dem süßen Lavendelduft brachte ich den frischen Luftzug der weiten Welt, geschwängert mit dem kräftigen Geruch von Schweiß und Anstrengung, und dem Hauch fremder Länder.

Und wie einprägsam ich ihre weichen Hände mit den harten Schwielen meiner eigenen drückte — mit der fast zentimeterdicken Hornhaut, die ich bei der Arbeit am Flaschenzug bekommen hatte und den langen, anstrengenden Stunden um die Schaufel. Das tat ich nicht nur aus jugendlicher Aufschneiderei, sondern um zu beweisen, wie schwer ich gearbeitet hatte, und daß sie ihre Güte nicht an einen Nichtstuer verschwendeten.

Ah, ganz deutlich sehe ich sie vor mir, diese lieben alten Damen, so, wie vor zwölf Jahren, als ich an ihrem Frühstückstisch saß und erzählte, wohin meine Füße mich schon überall getragen hatten. Ich überging ihre wohlgemeinten Ratschläge, wie es sich für einen harten Burschen wie mich geziemte, und fesselte sie nicht nur mit meinen eigenen Abenteuern, sondern auch mit denen aller anderen Tramps, mit denen ich Erlebnisse ausgetauscht hatte. Ich eignete sie mir alle an, die Abenteuer der anderen, meine ich. Und wenn diese netten alten Jungfern ein bißchen weniger vertrauensselig und arglos gewesen wären, hätten sie mich ganz schön in Verlegenheit bringen können, was die zeitliche Reihenfolge all dieser Erlebnisse betraf.

Aber was soll's? Jedenfalls bekamen sie ihren Gegenwert für die vielen Tassen Kaffee, Eier und Toastscheiben. Ich verschaffte ihnen eine fürstliche Unterhaltung. Daß ich an ihrem Tisch saß, war ihr Abenteuer. Und Abenteuer sind ohnedies unbezahlbar.

Nachdem ich mich von den beiden Damen verabschiedet hatte, schlenderte ich eine Straße entlang und eignete mir an der Gartentür eines Langschläfers die Morgenzeitung an. Ich legte mich damit ins Gras einer Parkanlage und machte mich damit vertraut, was sich in den vergangenen vierundzwanzig Stunden in der Welt zugetragen hatte.

Dort, im Park, traf ich einen anderen Landstreicher, der mir seine Lebensgeschichte erzählte und mich dazu überreden wollte, Soldat in der Armee der Vereinigten Staaten zu werden. Er selbst hatte sich bereits anwerben lassen und war dabei, sich in der Kaserne zu melden, und konnte nicht verstehen, warum ich mich ihm nicht anschließen wollte. Er war vor wenigen Monaten in Coxeys Armee auf dem Marsch nach Washington dabeigewesen, und das hatte ihm das Soldatenleben offenbar schmackhaft gemacht.

Auch ich sah mich als Veteran an, denn war ich nicht Gefreiter in Kompanie L der zweiten Division von Kellys Industriearmee gewesen? Meine, die Kompanie L, war besser noch unter dem Namen »Nevada Stoßtrupp« bekanntgewesen. Aber meine Armee-Erfahrungen hatten eine andere Wirkung auf mich ausgeübt als seine auf den Tramp.

Also ließ ich ihn allein seines Weges zu den »Kriegshunden« ziehen, während ich meine »Füße warf«, um zu einem Mittagessen zu kommen.

Als das getan war, spazierte ich über die Brücke zum Westufer des Susquehannas. Ich kann mich nicht an den Namen der Eisenbahnlinie auf dieser Seite erinnern, aber während ich am Vormittag im Gras gelegen hatte, war mir der Gedanke gekommen, mir Baltimore anzuschauen. Also wollte ich den Zug nehmen, wie immer er auch hieß, der dorthin führte.

Es war ein warmer Nachmittag, und ich sah von der Brücke aus eine Menge Burschen zwischen den Pfeilern schwimmen. Das war genau das Richtige an einem so schönen Tag. Ich zog mich aus und folgte ihrem Beispiel. Das Wasser war herrlich, doch als ich wieder herauskam, stellte ich fest, daß man mich bestohlen hatte. Irgend jemand hatte meine Sachen durchwühlt.

Nun frage ich, ist bestohlen zu werden nicht schon Abenteuer genug für einen Tag? Ich kenne Leute, die einmal bestohlen wurden und den Rest ihres Lebens davon sprachen. Sicher, der Dieb hatte bei mir nicht viel gefunden — etwa dreißig oder vierzig Cents, in 5-Cent- und Penny-Münzen — und meinen Tabak mit dem Zigarettenpapier, aber das war mein ganzer Besitz und mehr, als man den meisten stehlen kann, denn sie haben ja immer noch was zu Hause, während ich nicht einmal ein Zuhause hatte.

Die Burschen, die sich im Wasser abkühlten, schienen mir eine ziemlich rauhe Meute zu sein. Ich schaute sie mir näher an und kam zur Erkenntnis, daß es ratsamer sei, keinen Lärm zu schlagen. Also bat ich lediglich um was zu rauchen, und ich könnte schwören, daß es mein eigenes Zigarettenpapier war, in das ich den Tabak drehte.

Dann spazierte ich weiter zu den Gleisen, aber kein Bahnhof, keine Haltestelle war in Sicht. Die Frage war, wie kam ich außerhalb einer Station in einen Güterwagen? Ich sah, daß die Schienen eine ziemlich steile Steigung hochführten, von deren höchstem Punkt ich gerade gekommen war. Ich wußte, daß ein schwerer Güterzug da nicht allzu schnell hinaufkam. Aber wie schnell ist »nicht allzu schnell«?

Auf der gegenüberliegenden Schienenseite war eine weitere Anhöhe. Oben auf der Kuppe sah ich den Kopf eines Mannes aus dem Gras spitzen. Vielleicht wußte der

Mann, wie schnell ein Güterzug hier hochkam und wann der nächste in Südrichtung fuhr.

Brüllend stellte ich meine Fragen. Der Mann winkte mir zu, zu ihm hinaufzukommen.

Ich tat es, und als ich oben angelangt war, fand ich außer ihm noch vier weitere Männer im Gras liegen. Mit einem schnellen Blick nahm ich das Bild auf und erkannte sie als das, was sie waren — amerikanische Zigeuner.

Auf der offenen Kuppe, gleich hinter den Bäumen am Rand, standen mehrere einfache Wagen. Zerlumpte, halbnackte Kinder rannten spielend im ganzen Lager herum, allerdings fiel mir auf, daß nicht eines in die Nähe der Männer kam, die offenbar ungestört sein wollten.

Einige hagere, nicht von Schönheit geplagte, abgearbeitete Frauen rackerten sich im Lager ab. Eine Frau saß allein auf dem Kutschbock eines Wagens. Ihr Kopf hing schlaff auf die hochgezogenen Knie, um die sie kraftlos die Hände gelegt hatte. Sie sah wahrhaftig nicht glücklich aus, als wäre ihr alles egal.

In letzterem täuschte ich mich. Es gab sehr wohl etwas, das ihr nicht gleichgültig war, wie ich später selbst noch feststellte. Alles Leid, das einem Menschen nur widerfahren kann, stand in ihrem Gesicht geschrieben, und aus dem tragischen Ausdruck konnte man schließen, daß weiteres Leid sie nicht mehr berühren konnte. Nichts machte ihr mehr etwas aus, das jedenfalls schien ihr Gesicht zu sagen. Doch auch hierin irrte ich mich.

Ich legte mich zu den Männern an den Rand des Hanges ins Gras und unterhielt mich mit ihnen. Wir waren wesensverwandt — ich, der amerikanische Landstreicher, und sie, die amerikanischen Zigeuner. Ich kannte genug ihres Jargons, und sie genug des der Tramps.

Ich erfuhr, daß noch zwei Männer zu ihnen gehörten. Sie »mushten« drüben auf dem Fluß in Harrisburg. Ein »Musher« ist ein durchs Land ziehender Schwindler, der sich als ehrlicher Arbeiter ausgibt, um etwas herauszuschinden. Dieses Wort sollte nicht mit dem »Musher« des

Goldgräberjargons verwechselt werden, obgleich vermutlich beides entstellt von dem französischen *marche ons* — marschieren, gehen — kommt. Die Arbeit, die die beiden Zigeuner drüben über dem Fluß auszuführen vorgaben, war Schirmflicken. Aber was sie wirklich mit diesem Schirmflicken bezweckten, sagte man mir nicht, und es wäre unhöflich, ja unklug gewesen, danach zu fragen.

Es war ein herrlicher Tag. Kein Lüftchen rührte sich, und wir badeten in der flimmernden Sonnenwärme. Überall summten einschläfernd die Insekten, und die linde Luft war voll des würzigen Duftes der Erde und des üppigen Grüns.

Wir waren viel zu faul für ein ausgedehntes Gespräch und murmelten nur hin und wieder ein paar Worte. Da plötzlich wurden Frieden und Ruhe unangenehm gestört.

Zwei barfüßige Jungen von acht oder neun Jahren brachen in irgendwie unwichtiger Hinsicht ein Lagergesetz — welches, weiß ich allerdings nicht. Jedenfalls setzte der Zigeuner neben mir sich unvermittelt auf und rief die beiden Bürschchen herbei.

Er war das Oberhaupt oder König dieser Zigeuner hier, ein Mann mit niedriger Stirn, verkniffenen Augen und schmalen Lippen. Sein hämisch verzerrtes Gesicht erklärte, weshalb die beiden Jungen zusammenzuckten und vor Schreck erstarrten, als sie seine Aufforderung hörten. Dann drehten sie sich um und rannten panikerfüllt davon.

Er befahl ihnen erneut, sofort zu ihm zu kommen. Ein Junge blieb zögernd stehen. Sein magerer kleiner Körper verriet pantomimengleich, wie Furcht und Vernunft in ihm kämpften. Er wollte zu dem Mann gehen, denn sein Verstand und seine Erfahrung sagten ihm, daß ihm sofort zu gehorchen das kleinere Übel war. Aber auch wenn es das kleinere war, war es doch groß genug, ihm panische Angst einzujagen und seine Beine zur Flucht anzuspornen.

Immer noch zauderte er und kämpfte mit sich, bis er die schützenden Bäume erreichte, wo er stehenblieb. Der Zigeuner verfolgte ihn nicht, statt dessen stapfte er zu einem Wagen und holte sich eine schwere Peitsche. Mit ihr stellte er sich in die Mitte des Lagers. Er sprach kein Wort, machte keine Geste.

Er war das Gesetz, mitleidlos, allmächtig. Er blieb nur stehen und wartete. Ich wußte, alle wußten, worauf er wartete: auf die beiden Jungen bei den Bäumen.

Der Junge, der den schrecklichen Kampf mit sich selbst ausgefochten hatte, kam langsam herbei. Obwohl seine Zähne aufeinanderschlugen, war sein Gesicht entschlossen. Er zauderte nicht. Er war bereit, die Strafe über sich ergehen zu lassen. Wohlgemerkt, es war nicht mehr die Strafe für das ursprüngliche Vergehen, sondern für das Verbrechen, dessen er sich durch seine Flucht schuldig gemacht hatte.

In diesem Punkt benahm das Oberhaupt der Zigeuner sich nicht anders als die würdige Gesellschaft, in der er lebte. Wir bestrafen unsere Verbrecher, und wenn sie ausbrechen und fliehen, schaffen wir sie zurück hinter hohe Gefängnismauern und erhöhen ihre Strafe.

Geradewegs auf den Mann ging der Junge zu und blieb in der angemessenen Entfernung stehen, daß er bloß die Peitsche zu schwingen brauchte. Die dicke Peitschenschnur zischte durch die Luft. Unwillkürlich zuckte ich über die Wucht des Hiebes zusammen. Die dünnen kleinen Beine waren so schrecklich dünn und klein! Wo die Peitschenschnur getroffen hatte, war das Fleisch weiß, aber nur kurz, dann zeichnete sich dort eine dicke Strieme ab, aus der da und dort, wo die Haut aufgesprungen war, Blutstropfen sickerten.

Wieder schlug die Peitsche zu. Der Körper des Jungen zitterte vor Furcht vor ihr, aber der Junge wich nicht um einen Zentimeter von der Stelle. Ich sah, daß er die Zähne zusammengebissen hatte. Eine zweite Strieme quoll auf, und eine dritte.

Erst als die Peitsche ihn zum viertenmal traf, schrie der Junge. Er konnte auch nicht mehr stillstehen, und von da an hüpfte er vor Angst und Schmerzen schreiend herum, aber er versuchte nicht, wegzulaufen. Wenn sein verzweifeltes

Hüpfen ihn außer Reichweite der Peitsche trug, sprang er sofort zurück. Erst als er es nach zwölf Hieben überstanden hatte, verzog er sich wimmernd zwischen den Wagen.

Der Zigeuner blieb wartend stehen. Schließlich trat der zweite Junge aus den Bäumen. Aber er kam nicht auf geradem Weg herbei, sondern wie ein völlig verängstigter Hund. Immer wieder, wenn ein neuer Anfall von Panik sich seiner bemächtigte, drehte er sich um und rannte ein paar Schritte zurück. Doch jedesmal kehrte er wieder um, näherte sich der Peitsche in immer engeren Kreisen und stieß unverständliche Laute wie ein furchterfülltes Tier aus.

Ich bemerkte, daß er den Mann nie ansah. Stets war sein Blick auf die Peitsche gerichtet, und aus seinen Augen sprach eine Furcht, die mich ganz krank machte: das unbeschreibliche Entsetzen eines mißhandelten Kindes.

Ich habe starke Männer rechts und links von mir im Kampf fallen und sich in Todesqualen winden sehen. Ich habe gesehen, wie sie zu Dutzenden durch explodierenden Sprengstoff in die Luft gejagt und verstümmelt wurden. Aber glauben Sie mir, das war nichts gegen den Anblick dieses Kindes.

Die Auspeitschung begann. Die des ersten Jungen war geradezu lasch gewesen, verglichen mit der jetzigen. In Null Komma nichts rann Blut die dünnen Beine hinunter. Der Junge hüpfte, wand sich, krümmte sich, bis er fast wie eine tanzende Marionette aussah. Ich sage »fast«, denn seine Schreie straften diesen Eindruck Lügen und machten es zur allzu entsetzlichen Wirklichkeit. Seine Schreie waren schrill und durchdringend, nicht heiser, eben dünn und zittrig, wie man es von einer geschlechtslosen Kinderstimme nicht anders erwarten kann.

Dann kam der Zeitpunkt, da der Junge es nicht mehr aushalten konnte. Der letzte Rest von Vernunft schwand, und er versuchte fortzulaufen. Doch jetzt folge der Mann ihm, verhinderte seine Flucht und trieb ihn mit unbarmherzigen Hieben zurück in die Mitte des Lagers.

Da kam es zur Unterbrechung. Ich hörte einen wilden, halberstickten Schrei. Die Frau, die auf dem Kutschbock gesessen hatte, war heruntergesprungen und rannte herbei. Sie warf sich zwischen den Jungen und den Mann.

»Du willst wohl auch ein paar, eh?« fragte der Mann. »Du kannst sie haben!«

Er schwang die Peitsche. Die Röcke der Frau waren lang, also versuchte er gar nicht, die Beine zu treffen, sondern zielte nach ihrem Gesicht. So gut sie es vermochte, schützte sie es mit Händen und Unterarmen, während sie den Kopf tief zwischen die mageren Schultern duckte. Und so bekamen Schultern und Arme die Hiebe ab. Heldenmütige Mutter. Sie wußte genau, was sie tat. Der immer noch schreiende Junge schleppte sich zu den Wagen.

Und die ganze Zeit lagen die vier Männer neben mir und sahen zu, ohne sich zu rühren. Auch ich bewegte mich nicht, das gestehe ich, ohne mich zu schämen, obgleich meine Vernunft einen schweren Kampf mit meinem natürlichen Impuls ausfocht, mich zu erheben und einzugreifen. Ich kenne das Leben. Was hätte es der Frau oder mir genutzt, wenn die fünf Männer mich dort auf der Anhöhe neben dem Susquehanna totgeprügelt hätten?

Ich sah einmal, wie ein Mann gehängt wurde. Zwar schrie meine Seele empört auf, doch meine Lippen schwiegen. Hätte ich protestiert, man würde mir den Schädel mit einem Revolverknauf eingeschlagen haben, denn das Gesetz verlangte, daß der Mann gehängt wurde. Und hier, in diesem Zigeunerlager, verlangte das Gesetz, daß die Frau ausgepeitscht wurde.

Doch in beiden Fällen war der Grund meiner Zurückhaltung nicht das Gesetz als solches, sondern die Tatsache, daß es stärker war als ich. Wären die vier Männer neben mir im Gras nicht gewesen, ich wäre mit Vergnügen auf den Mann mit der Peitsche losgegangen. Und schloß man die Möglichkeit aus, daß eine der Frauen im Lager mit einem Messer oder einem Prügel in der Hand über mich hergefallen wäre, bin ich überzeugt, daß ich ihn hätte zusammenschlagen können. Aber die vier Männer lagen neben mir, und dadurch war das Gesetz stärker als ich.

Glauben Sie mir, auch ich litt. Es war zwar nicht das erste Mal, das ich gesehen hatte, wie Frauen geprügelt wurden, aber so wie hier noch nie. Das Kleid der tapferen Mutter war an den Schultern zerfetzt. Ein Hieb, vor dem sie sich nicht hatte schützen können, hatte eine blutige Strieme von der Wange zum Kinn hinterlassen. Nicht ein Schlag, nicht zwei, nicht ein oder zwei Dutzend Schläge hagelten auf sie herab, sondern endlos schlug die Peitsche auf sie ein.

Ich war schweißgebadet und atmete schwer. Meine Hände klammerten sich um ganze Grasbüschel, bis sie nachgaben und ich sie mitsamt Wurzeln in den Fingern hielt. Die ganze Zeit flüsterte meine Vernunft mir zu: »Narr! Narr! Nimm dich zusammen!« Doch die blutige Strieme im Gesicht der Frau hätte mir die Selbstbeherrschung fast geraubt.

Ich war dabei aufzuspringen, als der Zigeuner neben mir die Hand auf meine Schulter legte und mich wieder auf den Boden drückte.

»Ruhig Blut, Partner«, warnte er mich mit leiser Stimme. Ich blickte ihn an. Seine Augen wichen meinen nicht aus. Er war ein großer Mann, breitschultrig, muskulös, und sein Gesicht wirkte unendlich phlegmatisch, nicht unfreundlich, doch ohne inneren Funken — eine einfache Seele, ohne Bosheit, aber auch bar aller Moralität und dazu stur wie ein Bock. Er war nicht viel mehr als ein Tier, mit höchstens einer winzigen Spur von Intelligenz, ein gutmütiges Tier mit den Körper- und Geisteskräften eines Gorillas.

Schwer drückte seine Hand auf meine Schulter, und ich spürte das Gewicht der Muskeln dahinter. Ich warf einen heimlichen Blick auf die anderen drei. Zwei waren sichtlich völlig ungerührt und uninteressiert, während der dritte das grausame Schauspiel zu genießen schien. Da übernahm mein gesunder Menschenverstand wieder, meine Muskeln entspannten sich und ich ließ mich ganz ins Gras fallen.

Meine Gedanken flogen zurück zu den beiden netten alten Damen, mit denen ich an diesem Morgen erst gefrühstückt hatte. Nicht viel mehr als drei Kilometer Fluglinie trennten sie von dieser Szene. Hier, an diesem windstillen Tag, unter einer freundlichen Sonne, wurde eine ihrer Schwestern von einem meiner Brüder ausgepeitscht. Das hier war eine Seite des Lebens, die sie nie kennenlernen würden — und so war es auch besser. Obwohl sie, eben weil ihnen dergleichen vorenthalten wurde, so nie ihre Schwestern verstehen würden, genausowenig wie sich selbst, und nie wissen würden, aus welchem Holz sie geschnitzt waren. Denn es ist der Frau nicht gegeben, in süß duftenden engen Zimmern zu leben und gleichzeitig ein Allerweltsschwesterlein zu sein.

Die Auspeitschung war überstanden, und die Frau, die jetzt nicht mehr schrie, kehrte zu ihrem Platz auf dem Kutschbock zurück. Keine der Frauen ging zu ihr — jedenfalls nicht gleich. Sie hatten Angst. Aber sie kamen später, nach angemessener Zeit.

Der Mann legte die Peitsche weg und kehrte zu uns zurück, wo er sich neben mir ins Gras fallen ließ. Er atmete schwer vor Anstrengung. Mit dem Hemdärmel wischte er sich den Schweiß aus den Augen und schaute mich herausfordernd an. Ich begegnete seinem Blick gleichmütig; was er getan hatte, ging mich nichts an. Ich brach auch nicht sofort auf.

Eine halbe Stunde etwa blieb ich noch liegen, was unter diesen Umständen als Takt und Höflichkeit angesehen werden mußte. Ich drehte mir Zigaretten von ihrem Tabak, und als ich den Hang zu den Schienen hinunterstieg, hatte ich die nötige Information, die es mir ermöglichen würde, auf den nächsten Güterzug in den Süden zu kommen.

Na und? Es war eine Seite aus dem Buch des Lebens, nichts weiter. Es gibt schlimmere, weit schlimmere Seiten. Ich habe manchmal meine Meinung kundgetan — und die, die sie hörten, glaubten, ich scherze —, daß der Hauptunterschied zwischen dem Menschen und den anderen Tieren

Nicht ein Schlag, nicht zwei, nicht ein oder zwei Dutzend Schläge hagelten auf sie herab, sondern endlos schlug die Peitsche auf sie ein. (Seite 59)

der ist, daß der Mensch das einzige Tier ist, das die Weibchen seiner Art mißhandelt. Denn das ist etwas, das sich weder ein Wolf noch der feige Schakal zuschulden kommen läßt. Nicht einmal der Hund, der durch die Domestizierung degeneriert ist, würde so etwas tun. Der Hund hat sich in dieser Beziehung seinen Instinkt des wilden Tieres bewahrt, während der Mensch die meisten seiner Instinkte des wilden Tieres verloren hat — zumindest die meisten der guten.

Schlimmere Seiten des Lebens, als ich sie hier beschrieben habe? Lesen Sie doch die Berichte über die Kinderarbeit in den Vereinigten Staaten — ob im Osten, Westen, Norden oder Süden, es ist überall gleich —, und lassen Sie sich gesagt sein, daß wir alle, die wir auf Profit aus sind, Setzer und Drucker viel schlimmere Seiten sind als die Seite von der Auspeitschung der Frau am Susquehanna.

Ich ging etwa hundert Meter an den Schienen entlang abwärts, bis ich eine Stelle entdeckte, wo ich einen guten Halt fand. Von hier aus würde ich auf den Güterzug aufspringen können, während er sich den Hang hinaufplagte. Hier fand ich auch ein halbes Dutzend Landstreicher, die die gleiche Absicht hatten wie ich.

Ein paar spielten Karten mit einem uralten, schmierigen Spiel. Ich machte mit. Ein Schwarzer mischte. Er war jung und fett und hatte ein Vollmondgesicht, das nur so strahlte. Als er mir die erste Karte gab, hielt er inne und sagte: »He, Kumpel, hab' ich dich nicht schon mal gesehen?«

»Das kann man wohl behaupten«, antwortete ich. »Und damals hattest du auch was anderes an.«

Er runzelte verwirrt die Stirn.

»Erinnerst du dich an Buffalo?« fragte ich.

Da erkannte er mich und begrüßte mich mit wahren Freudensausbrüchen und herzlichem Lachen als alten Kameraden. Denn in Buffalo war sein Anzug gestreift gewesen, während er im Erie-County-Zuchthaus seine Zeit absaß. Übrigens war mein Anzug ebenfalls gestreift gewesen, denn auch ich saß dort hinter Gittern.

Das Spiel ging weiter, und ich erfuhr, worum wir spielten. Von wo wir saßen führte ein schmaler steiler Pfad hangabwärts zu einer etwa acht Meter entfernten Quelle. Nun, der Verlierer mußte mit einer leeren Kondensmilchdose von dort Wasser für die Gewinner holen.

Das erste Spiel verlor der Farbige. Er nahm die kleine Milchdose und kletterte den Pfad hinunter, während wir ihn mit den Augen verfolgten und ihn aufzogen. Wir tranken wie Verdurstende. Viermal mußte er allein für mich gehen, und die anderen gingen mit dem erfrischenden Naß auch nicht viel sparsamer um. Wie gesagt, war der Pfad sehr steil, da stolperte der Neger hin und her und vergoß das Wasser. Also mußte er umkehren und die Dose wieder füllen.

Aber er ärgerte sich nicht. Er lachte mit uns und nicht weniger herzhaft, deshalb rutschte er wohl auch so oft aus. Und natürlich trumpfte er damit auf, wieviel Wasser er erst trinken würde, wenn ein anderer es holen mußte.

Als wir unseren Durst gestillt hatten, begannen wir ein neues Spiel. Auch diesmal verlor der Schwarze, und wieder tranken wir, soviel wir konnten.

Das dritte und vierte Spiel endete auf die gleiche Weise, und jedesmal lachte das dunkle Mondgesicht sich schief über den Streich, den der Zufall ihm laufend spielte. Und uns ging es natürlich erst recht nicht anders. Wir lachten wie sorglose Kinder oder Götter, dort am Rand des Abhangs.

Ich weiß, daß ich lachte, bis ich glaubte, der Schädel müsse mir zerspringen. Und ich trank eine Dose nach der anderen — ich mußte wohl schon ganz aufgeschwemmt sein. Wir fragten uns ernsthaft, ob wir bei dem Gewicht all des Wassers in uns überhaupt noch imstande waren, auf den Zug aufzuspringen, wenn er die Steigung hochkam. Allein die Vorstellung war zu viel für den Neger. Er ließ die arg strapazierte Milchdose fallen, warf sich auf den Boden und wälzte sich mindestens fünf Minuten lang vor Lachen.

Die Schatten wurden allmählich länger und fielen über

den Fluß. Mit angenehmer Kühle dämmerte der Abend, und wir tranken weiter Wasser, das unser schwarzer Mundschenk heranbrachte.

Vergessen war die ausgepeitschte Frau. Sie stand auf einer Seite, die inzwischen umgeblättert war, und ich war bereits allzusehr mit der neuen Seite beschäftigt. Wenn die Lokomotive sich pfeifend den Hang heraufplagte, würde auch diese Seite beschrieben sein und eine neue konnte begonnen werden. Und so füllte sich Seite um Seite im Buch des Lebens, das zusehends dicker wird — wenn man jung ist.

Dann kam ein Spiel, das nicht der Farbige verlor. Verlierer war diesmal ein hagerer Tramp, der so, wie er aussah, magenkrank sein mochte. Er war es auch, der am wenigsten von uns gelacht hatte. Wir sagten, wir könnten kein Wasser mehr trinken — was auch durchaus nicht gelogen war. Selbst alle Schätze Ormuzds und des märchenhaften Orients hätten mich nicht dazu gebracht, auch nur noch einen Tropfen freiwillig zu mir zu nehmen. Es hätte ganz einfach keiner mehr in mir Platz gehabt.

Der Farbige schaute enttäuscht drein, aber er paßte sich den Umständen an. Er sagte, er würde schon etwas trinken. Er meinte es auch. Er trank eine Dose voll, dann noch eine und weitere. Immer wieder kletterte der melancholische Vagabund den steilen Hang hinunter und wieder herauf, und jedesmal erklärte der Neger, er könnte schon noch ein wenig vertragen. Er trank schließlich mehr als wir anderen zusammengenommen.

Aus der Dämmerung wurde Nacht, die Sterne wagten sich hervor — und er trank immer noch. Ich glaube, wenn der Güterzug nicht gepfiffen hätte, säße er immer noch da und genösse Wasser und Revanche gleichermaßen, während der melancholische Tramp sich den Hang hinunter-und heraufplagte.

Aber der Zug pfiff. Die Seite konnte umgeblättert werden. Wir sprangen hoch und stellten uns entlang des Gleises auf. Da dampfte er auch schon keuchend und schnaubend die Steigung hoch. Die Scheinwerfer machten die Nacht zum Tag und hoben unsere Silhouetten scharf ab. Die Lokomotive stampfte an uns vorbei, und wir rannten alle mit dem Zug. Einige kletterten die Seitenleitern hoch, andere sprangen zu den Schiebetüren leerer Güterwagen und krochen hinein. Ich selbst wählte einen offenen Wagen mit Schnittholz, wo ich einen bequemen, geschützten Winkel fand. Mit einer Zeitung als Kopfkissen streckte ich mich auf dem Rücken aus. Die Sterne über mir blinkten und schwangen hin und her, wenn der Zug um Kurven bog. Und während ich zu ihnen hochstarrte, schlief ich ein.

Der Tag war zu Ende — einer von meinen Tagen. Morgen würde ein neuer Tag erwachen, und ich mit ihm. Und ich war jung.

GESCHNAPPT!

Nach Niagara Falls kam ich in einem »Pullman mit Seitentüren«, wie ein Güterwagen bei uns heißt. Einen offenen Güterwagen nennt man übrigens in Tramp-Kreisen »Gondola«, mit der Betonung auf der langgezogenen zweiten Silbe. Aber ich will nicht weiter vom Thema abweichen. Ich kam am Nachmittag an und ging direkt vom Zug zu den Wasserfällen. Als meine Augen erst einmal den wunderbaren Anblick der herabstürzenden Wassermassen aufnahmen, war ich wie gebannt. Ich konnte mich nicht einmal davon losreißen, um die Häuser nach etwas zu essen abzuklappern. Selbst ein »Einlaß« hätte mich nicht davon weglocken können.

Die Nacht brach ein, eine wunderschöne, mondhelle Nacht, aber ich blieb. Erst gegen dreiundzwanzig Uhr hielt ich es für an der Zeit, mir einen Platz zum »Nisten« zu suchen.

»Nisten«, »dösen«, »pennen«, »sich aufs Ohr hauen«, das alles bedeutet das gleiche, nämlich schlafen. Irgendwie hatte ich das Gefühl, daß Niagara Falls eine »schlechte« Stadt für Vagabunden war, deshalb verzog ich mich aufs Land. Ich kletterte über einen Zaun und machte es mir im Gras bequem. Ich schmeichelte mir, daß das Auge des Gesetzes mich hier nicht finden würde, und so schlief ich wie ein neugeborenes Baby.

So angenehm lind war die Luft, daß ich die ganze Nacht nicht ein einziges Mal aufwachte. Doch im ersten Morgengrauen öffnete ich ein Auge, und sofort erinnerte ich mich an die zauberhaften Wasserfälle.

Ich kletterte über den Zaun und machte mich auf den Weg, um sie wieder zu bewundern. Es war früh — höchstens fünf Uhr —, und vor acht konnte ich bestimmt niemand um ein Frühstück anhauen. Also konnte ich noch mindestens drei Stunden am Fluß verbringen. Aber leider gönnte das Schicksal es mir nicht, daß ich den Fluß oder die Wasserfälle je wiedersah.

Das Städtchen schlief noch, als ich es betrat. Ich schlenderte die stille Straße entlang und sah drei Männer auf dem Bürgersteig in meine Richtung kommen. Sie gingen nebeneinander. Tramps, schloß ich, die wie ich früh aufgestanden waren. Doch meine Vermutung stimmte nur zu sechsundsechzig zwei Drittel Prozent. Die Männer zu beiden Seiten waren tatsächlich Landstreicher, aber der Mann in der Mitte war keiner. Ich wich ganz zur Kante des Bürgersteigs aus, um sie vorbeizulassen. Doch das Trio ging nicht vorbei. Auf ein Wort des Mittleren blieben alle stehen, und der in der Mitte wandte sich an mich.

Ich wußte sofort, was los war. Er war ein »Fly-cop« — ein Kriminaler in Zivil —, und die beiden Vagabunden waren seine Gefangenen. Hier standen die Gesetzeshüter also schon mit den Hähnen auf, nach dem Motto »Morgenstund hat Gold im Mund«. Und für sie waren wir das Gold.

Hätte ich die Erfahrungen bereits hinter mir gehabt, die ich in den nächsten Monaten machen sollte, ich wäre herumgewirbelt und hätte die Füße in die Hand genommen. Vielleicht hätte der Bulle mir nachgeschossen, aber um mich zu erwischen, hätte er mich erst treffen müssen. Und an meine Fersen hätte er sich bestimmt nicht geheftet, denn zwei Tramps in der Hand sind besser als einer auf der Flucht. Aber ich blieb wie ein Ölgötze stehen, als er mich anhielt. Unsere Unterhaltung war kurz.

»In welchem Hotel sind Sie abgestiegen?« fragte er.

Da hatte er mich auch schon. Ich war in keiner Bleibe abgestiegen, und da ich den Namen nicht eines Hotels in Niagara Falls kannte, konnte ich nicht einmal behaupten, in einem zu wohnen. Ich war viel zu früh unterwegs. Alles war gegen mich.

»Ich bin eben erst angekommen«, sagte ich.

»Schön, dann machen Sie mal schnell kehrt und spazieren vor mir her, aber nicht zu weit vor mir. Da ist jemand, der Sie gern sprechen möchte.«

Geschnappt! Ich wußte nur zu gut, wer mich sprechen wollte. Mit dem »Flugbullen« und den beiden Vagabunden dicht hinter mir, und unter der Anweisung des ersteren, stiefelte ich zum Stadtgefängnis.

Dort wurden wir einer Leibesvisitation unterzogen und unsere Namen aufgeschrieben. Unter welchem Namen man mich eintrug, habe ich vergessen. Ich gab jedenfalls den Namen Jack Drake an, aber bei der Leibesvisitation fanden Sie Briefe, die an Jack London adressiert waren. Das brachte mich natürlich in Schwierigkeiten und erforderte eingehende Erklärungen, doch daran kann ich mich einfach nicht mehr so richtig erinnern.

Deshalb weiß ich bis zum heutigen Tag nicht, ob man mich als Jack Drake oder als Jack London registriert hat. Wer sich wirklich dafür interessiert, kann es bestimmt eruieren. In den Unterlagen des Gefängnisses von Niagara Falls für den Monat Juni 1894 läßt sich Klarheit verschaffen. Übrigens brach ein paar Tage nach meiner Verhaftung der große Eisenbahnerstreik aus.

Aus der Amtsstube brachte man uns zum »Vagabundenloch« und sperrte uns dort ein. Das »Vagabundenloch« ist der Teil eines Gefängnisses, in dem die inhaftiert wurden, die sich nur geringer Versehen schuldig gemacht hatten, und da von ihnen der größte Teil Landstreicher waren, hieß er eben Vagabundenloch. Dieses Vagabundenloch ist im Grunde genommen ein riesiger eiserner Käfig. Hier fanden wir bereits mehrere Tramps vor, die ebenfalls erst an diesem frühen Morgen verhaftet worden waren. Und immer wieder öffnete sich die Gittertür und weitere Leidensgenossen wurden hereingestoßen.

Als insgesamt sechszehn zusammengekommen waren, führte man uns eine Treppe hinauf in den Gerichtssaal.

Und jetzt werde ich wahrheitsgetreu beschreiben, was hier vorging, denn in diesem Gerichtssaal erlitt mein amerikanischer Patriotismus einen Schock, von dem er sich nie mehr ganz erholt hat.

Im Gerichtssaal befanden sich die sechzehn Gefangenen, der Richter und zwei Gerichtsdiener. Der Richter war offenbar auch sein eigener Schreiber. Zeugen gab es keine.

Es waren auch keine Bürger von Niagara Falls als Zuschauer anwesend, die hätten sehen können, wie in ihrer Stadt Recht gesprochen wurde.

Der Richter blickte auf die ihm vorgelegte Liste der Verhafteten und rief einen Namen. Ein Vagabund stand auf. Der Richter schaute einen Gerichtsdiener an.

»Landstreicherei, Euer Ehren«, sagte der Gerichtsdiener.

»Dreißig Tage«, sagte »Seine Ehren«.

Der Tramp setzte sich. Der Richter rief einen zweiten Namen, und ein anderer Vagabund stand auf.

Die Verhandlung des ersten hatte genau fünfzehn Sekunden gedauert. Die des zweiten verlief mit der gleichen Schnelligkeit.

Der Gerichtsdiener sagte: »Landstreicherei, Euer Ehren.«

Und seine Ehren sagte: »Dreißig Tage.«

So ging es wie am Schnürchen. Fünfzehn Sekunden — und dreißig Tage — für jeden Vagabunden.

Das sind doch alles Rindviecher, dachte ich bei mir. Na warte nur, bis ich an der Reihe bin, Euer Ehren, bei mir sollst du es dir nicht so leichtmachen können!

Im weiteren Verlauf gab Seine Ehren, aus irgendeiner Laune heraus, einem die Gelegenheit, etwas zu sagen. Wie der Zufall es wollte, war dieser Mann kein richtiger Landstreicher. Er hatte keinerlei Merkmale des »Stiffs« (ein weiterer Ausdruck, der unter anderem für einen Tramp angewandt wurde), der sich die Landstreicherei zum Lebenszweck gemacht hat. Hätte er sich uns zugesellt, während wir an einer Wasserstation auf einen Zug warteten, hätten wir ihn ohne Zögern als »Gay-cat« eingestuft. »Gay-cat« ist im Trampland die Bezeichnung für einen Neuling. Dieser Gay-cat war nicht mehr der Jüngste — ich schätzte ihn auf etwa fünfundvierzig. Er hatte einen leichten Buckel, und sein Gesicht war von Wind und Wetter gegerbt.

So, wie er es erzählte, war er bei irgendeinem Unternehmen in Lockport, New York (wenn ich mich recht erinnere) als Kutscher tätig gewesen. Mit der Firma war es bergab gegangen, und sie hatte schließlich in den schlechten Zeiten von achtzehnhundertdreiundneunzig schließen müssen. Ihn hatte man bis zuletzt behalten, obwohl es in den letzten Monaten nur noch zeitweilige Verwendung für ihn gegeben hatte.

Er fuhr fort und erklärte ausführlich, wie sehr er sich angestrengt hatte, einen neuen Arbeitsplatz zu finden, aber ohne Erfolg, da es viel zu viele Arbeitslose gab. Er hatte sich schließlich entschlossen, sich an den Seen um Arbeit umzusehen, da es dort besser sein sollte, und so war er nach Buffalo aufgebrochen. Natürlich hatte er keinen Penny in der Tasche, wie sollte er auch? Und jetzt war er hier. Das war alles.

»Dreißig Tage«, sagte Seine Ehren und rief einen weiteren Namen.

Der Aufgerufene stand auf.

»Landstreicherei, Euer Ehren«, sagte der Gerichtsdiener.

Und Seine Ehren sagte: »Dreißig Tage.«

So ging es weiter, fünfzehn Sekunden und dreißig Tage für jeden Tramp. Die Maschinerie des Gerichts lief wie geschmiert. Nach der frühen Morgenstunde zu schließen, hatte der Richter vermutlich noch nicht gefrühstückt und war in Eile heimzukommen.

Aber mein amerikanisches Blut war in Wallung. Hinter mir standen die vielen Generationen amerikanischer Vorfahren. Eines der Rechte, wofür diese meine Vorfahren gekämpft hatten und gestorben waren, war eine gerechte Verhandlung für einen jeden Angeklagten, grob ausgedrückt, zumindest. Dieses Recht hatte ich mir durch ihr Blut erworben, und es fiel mir zu, es durchzusetzen. Na gut, drohte ich in Gedanken, warte nur, bis ich dran bin.

Und schon war es soweit. Mein Name — welcher auch immer benutzt wurde — wurde aufgerufen, und ich erhob mich.

Der Gerichtsdiener sagte: »Landstreicherei, Euer Ehren«, und ich fing zu reden an.

Aber das tat auch der Richter, zur gleichen Zeit, und er sagte: »Dreißig Tage.«

Ich fing an zu protestieren, doch da hatte Seine Ehren bereits den nächsten Landstreicher aufgerufen. Allerdings nahm er sich gerade noch soviel Zeit, mich aufzufordern, den Mund zu halten, während der Gerichtsdiener mich auf meinen Platz zurückdrückte.

Im nächsten Augenblick hatte der nächste Tramp seine dreißig Tage bekommen, und der nach ihm war schon an der Reihe.

Als er mit uns allen fertig war und jeder von uns seine Strafe von dreißig Tagen zugesprochen bekommen hatte, wandte sich der Richter beim Aufstehen plötzlich an den Kutscher von Lockport — der einzige von uns, dem er zu reden erlaubt hatte.

»Warum haben Sie Ihre Stellung aufgegeben?« fragte ihn Seine Ehren.

Nun hatte der Kutscher ja des langen und breiten erklärt, daß nicht er seine Stellung aufgegeben hatte, sondern daß man ihn hatte entlassen müssen und aus welchen Gründen. Deswegen hatte er mit einer solchen Frage keinesfalls gerechnet.

»Euer Ehren«, sagte er sichtlich verwirrt. »Das wissen Sie doch.«

»Zusätzliche dreißig Tage, weil Sie Ihren Arbeitsplatz verlassen haben«, sagte der Richter, und damit war die Verhandlung geschlossen.

Das Ergebnis war also, daß der Kutscher sechzig Tage abbrummen mußte, während wir anderen nur dreißig vor uns hatten.

Wir wurden wieder die Treppe hinuntergebracht, in das Vagabundenloch gesperrt und nach einer Weile bekamen wir unser Frühstück. Es war ein ziemlich gutes Frühstück, soweit es Gefängnisfrühstücke betrifft, und das beste, das ich für über einen Monat sehen sollte.

Ich muß gestehen, ich war benommen. Hier war ich also, zu einer Gefängnisstrafe verurteilt, nach einer Farce von

Gerichtsverfahren, indem man mir nicht nur das Recht verwehrt hatte, vernommen zu werden, sondern auch noch das, mich schuldig oder nichtschuldig zu bekennen. Noch etwas, wofür meine Vorväter gekämpft hatten, fiel mir ein: die Habeaskorpusakte. Ha, ich würde es ihnen zeigen!

Aber als ich nach einem Rechtsanwalt verlangte, lachte man mich nur aus. Die Habeaskorpusakte war ja gut und schön, doch was nutzte sie mir, wenn ich mit niemandem außerhalb des Gefängnisses in Verbindung treten konnte? Trotzdem würde ich es ihnen zeigen! Sie würden mich ja nicht für immer hinter Schwedischen Gardinen behalten. Und dann sollten sie mich kennenlernen! Ihre Selbstgefälligkeit würde ihnen dann schon vergehen!

Ich verstand ein bißchen was vom Gesetz und meinen Rechten, und ich würde diese Mißwirtschaft hier schon aufdecken! Visionen von Schadensersatzprozessen und Schlagzeilen in der Sensationspresse beschäftigten mich, als die Wärter die Tür aufsperrten und sich daranmachten, uns wie Schafe durch das Gebäude zu treiben.

Ein Polizist legte mir Handschellen um das rechte Handgelenk. (Aha, dachte ich, eine weitere Schändlichkeit! Na wartet nur, bis ich draußen bin!) Die andere Handschelle dieses Paares schloß er um das linke Handgelenk eines Negers. Es war ein sehr großer Farbiger, etwa einsneunzig groß, schätzte ich. Jedenfalls war er so groß, daß seine Hand meine ein wenig hob, als wir so aneinandergefesselt Seite an Seite standen. Außerdem war er der fröhlichste und zerlumpteste Neger, den ich je gesehen hatte.

Wir wurden alle paarweise aneinandergefesselt. Als die Polizisten damit fertig waren, brachten sie eine blitzblanke Kette, die sie durch die Glieder sämtlicher Handschellen zogen und an beiden Enden unserer Doppelreihe mit einem Schloß versahen. Jetzt waren wir also auch noch Kettensträflinge!

Der Befehl zum Abmarsch wurde erteilt, und wir stapften, von zwei Polizisten bewacht, hinaus auf die

Straße. Der riesenhafte Neger und ich nahmen den Ehrenplatz an der Spitze der Prozession ein.

Nach der Düsternis im Gefängnis war der Sonnenschein blendend. Doch nie empfand ich ihn als so wundervoll wie jetzt, als Gefangener mit klirrenden Ketten, denn ich wußte, daß er mir bald dreißig Tage lang vorenthalten werden würde.

Durch die Straßen von Niagara Falls marschierten wir zum Bahnhof, angestarrt von neugierigen Passanten und vor allem von einer Gruppe Touristen auf einer Hotelveranda, an der wir vorüberzogen.

Die Kette ließ uns genügend Bewegungsfreiheit, daß wir uns, unter viel Rasseln und Klirren, auch hier natürlich paarweise, auf den Sitzen eines für uns reservierten Personenwagens niederließen. Flammende Empörung erfüllte mich über die Ausschreitungen der Justiz, von denen ich und meine Vorfahren betroffen waren. Trotzdem war ich zu prosaisch-praktisch, als daß ich deswegen den Kopf verloren hätte. All das hier war neu für mich. Dreißig Tage, die ich mir einfach nicht vorstellen konnte, lagen vor mir.

Ich schaute mich deshalb nach jemandem um, der sich möglicherweise auskannte, denn ich hatte bereits erfahren, daß wir nicht in irgendein kleines Gefängnis mit nicht viel mehr als hundert Inhaftierten gebracht werden sollten, sondern in ein richtiges Zuchthaus mit gut zweitausend Gefangenen, die dort eine Strafe von wenigstens acht, höchstens aber zehn Jahren abbüßen mußten.

Auf dem Sitzplatz hinter mir, mit dem Handgelenk an der Kette festgeschlossen, saß ein gedrungener, ungemein kräftiger Mann, zwischen fünfunddreißig und vierzig. Ich versuchte mir ein Bild von ihm zu machen. In seinen Fältchen um die Augenwinkel las ich Humor, Verschmitztheit und Freundlichkeit. Ansonsten erinnerte er mich an ein ungezähmtes Tier, mit all dessen ungezügelter Wildheit: ein Mann, der überhaupt nicht wußte, was Moral war. Was ihn als Mensch annehmbar machte und was mir an ihm gefiel, waren die erwähnten Eigenschaften, die seine Augenwinkel verrieten.

Er war der, den ich brauchte, und so machte ich mich an ihn heran. Während mein Handschellenpartner, der riesenhafte Neger, lachend und amüsiert seinem Wäschepaket nachtrauerte, das er nun, durch seine Verhaftung, sicher nie wiedersehen würde, und während der Zug ratternd durch Buffalo dampfte, unterhielt ich mich mit dem Mann hinter mir. Er hatte eine leere Pfeife bei sich. Ich füllte sie ihm mit meinem kostbaren Tabak — der Pfeifenkopf verschluckte soviel, wie ich für ein Dutzend Zigaretten brauchte.

Je mehr ich mich unterhielt, desto überzeugter wurde ich, daß er genau mein Mann war, und ich teilte meinen ganzen Tabak mit ihm auf.

Nun bin ich zufällig der Typ Mensch, der das Leben zu nehmen versteht und sich so gut wie allen Gegebenheiten anpassen kann. Also gab ich mich so, daß der Mann eine verwandte Seele in mir sehen mußte, obwohl ich da keineswegs ahnen konnte, von welch außerordentlichem Nutzen das für mich sein würde.

Der Mann war noch nie in der Strafanstalt gewesen, die unser harrte, aber er hatte bereits in anderen Zuchthäusern Strafen von ein, zwei und fünf Jahren abgesessen und verfügte so über unschätzbares Wissen.

Wir wurden dicke Freunde, und mein Herz schlug höher, als er mir riet, mich an ihn zu halten. Er nannte mich »Jack«, und ich nannte ihn ebenfalls »Jack«.

Der Zug hielt an einer Station etwa acht Kilometer außerhalb von Buffalo, und wir, die Kettensklaven, stiegen aus. An den Namen der Station erinnere ich mich nicht mehr, aber ich bin sicher, daß es entweder Rocklyn, Rockwood, Black Rock, Rockcastle oder Newcastle war. Doch was auch immer, wir mußten nur ein kurzes Stück zu Fuß gehen, dann nahm eine Straßenbahn uns auf. Es war ein Wagen mit je einer Bank entlang den Längsseiten. Alle Fahrgäste der einen Seite wurden ersucht, sich auf die

Der Zug hielt an einer Station etwa acht Kilometer außerhalb von Buffalo, und wir, die Kettensklaven, stiegen aus. (Seite 74)

andere zu setzen, damit wir, mit viel Kettengerassel, eine ganze Bank für uns hatten. Wir saßen den Fahrgästen also gerade gegenüber, und ich erinnere mich gut an die ein wenig bangen, aber doch interessierten Gesichter der Frauen, die uns zweifellos für überführte Mörder und Bankräuber hielten.

Ich bemühte mich, der Erwartung gerecht zu werden und so grimmig wie nur möglich dreinzusehen, aber mein Handschellenpartner, der allzu fröhliche Neger, mußte doch unbedingt die Augen rollen und dazu lachend immer wieder »Ogottogott« sagen.

Wir stiegen aus der Straßenbahn, gingen wieder ein Stück zu Fuß und wurden dann ins Büro des Erie-County-Zuchthauses geführt. Hier trug man unsere Namen ein — und auch hier ließe sich im Register feststellen, für welchen meiner Namen man sich entschieden hatte. Man erklärte uns, daß wir unsere sämtlichen Wertsachen hier in Verwahrung geben müßten. Zu den Wertsachen zählte man, von Geld natürlich ganz abgesehen, auch Tabak, Streichhölzer, Taschenmesser und dergleichen.

Mein neuer Freund schaute mich an und schüttelte verstohlen den Kopf.

»Was ihr hier nicht abgebt«, warnte der Vollzugsbeamte, »wird euch drinnen abgenommen.«

Trotzdem schüttelte mein Freund noch einmal den Kopf und machte mich unbemerkt auf seine Hände aufmerksam. die hinter den Rücken anderer sehr beschäftigt waren. (Man hatte uns die Handschellen abgenommen.) Ich beobachtete ihn kurz, dann folgte ich hastig seinem Beispiel und wickelte alles, was ich mitnehmen wollte, in mein Taschentuch. Genau wie er schob ich dieses kleine Bündel unter das Hemd.

Mir fiel auf, daß auch die anderen — mit Ausnahme von zweien, die Uhren hatten — dem Vollzugsbeamten ihre Habseligkeiten nicht auslieferten. Alle waren fest entschlossen, sie irgendwie einzuschmuggeln, und sie verließen sich dabei auf ihr Glück. Doch keiner war so klug wie mein Freund, wie ich sah, denn sie bündelten ihre Sache nicht zusammen.

Unsere bisherigen Wächter packten die Handschellen und Kette ein, um damit nach Niagara Falls zurückzukehren, während wir, unter neuer Bewachung, ins Zuchthaus geführt wurden. Unsere Zahl hatte sich inzwischen im Büro durch Trupps neu hinzugekommener Verhafteter vergrößert, so daß wir jetzt ein ganzer Zug von zwischen vierzig und fünfzig Mann waren.

Etwas in eine große Strafanstalt einzuschmuggeln, ist fast noch schwieriger, als etwas in ein Land mit strengen Zollbestimmungen einzuführen, und die Bewegungsfreiheit könnte gar nicht beschränkter sein. Alle paar Schritte steht man vor einer verschlossenen Tür oder einem nicht weniger verschlossenen Gittertor.

Wir waren unterwegs in die sogenannte »Barbierstube«, aber immer wieder mußten wir anhalten, bis die Türen auf- und zugesperrt wurden. So wurden wir gleich in der ersten »Halle«, die wir betraten, aufgehalten. Diese »Halle« ist aber nicht das, was man normalerweise unter einer Halle versteht. Stellen Sie sich einen verlängerten Würfel vor, der aus Ziegel erbaut und fünf Stockwerke hoch ist, und jedes Stockwerk ist eine Zellenreihe — sagen wir, von fünfzig Zellen. Oder, um es einfacher zu machen, stellen Sie sich einen gigantischen rechteckigen Bienenstock vor. Geben Sie diesen verlängerten Würfel nun auf den Boden, und schließen Sie ihn in einem Gebäude mit einem Dach darüber und Mauern ringsum ein.

Ein solcher Würfel mit dem umgebenden Gebäude bildet eine »Halle« im Erie-County-Zuchthaus. Um das Bild zu vervollständigen, müssen Sie sich noch eine schmale Galerie mit Eisengeländer entlang jeder Zellenreihe denken. Und an beiden Enden dieses verlängerten Würfels sind alle diese Galerien mit einem Netz schmaler Eisentreppen, ähnlich den Feuerleitern an hohen Häusern, miteinander verbunden.

Wie gesagt, wir hielten in der ersten Halle an, bis ein

Wärter eine Tür aufschloß. Da und dort gingen Sträflinge mit Stoppelfrisur und glattrasierten Gesichtern in gestreifter Anstaltskleidung irgendwelchen Arbeiten nach. Einen solchen Häftling sah ich über uns auf der Galerie der dritten Zellenreihe. Er hatte die Arme auf das Geländer gestützt und den Oberkörper ein wenig darüber gebeugt und schien überhaupt nicht auf uns zu achten, sondern ins Leere zu starren.

Mein Freund stieß einen gedämpften Zischlaut aus, und der Sträfling schaute herunter. Die beiden gaben sich Handzeichen, und schon flog das Taschentuchbündel meines Freundes in die Höhe. Der Häftling fing es geschickt auf, schob es in sein Hemd und schien auch schon wieder ins Leere zu stieren.

Mein Freund gab mir einen Wink, es ihm gleichzutun. Ich wartete die Gelegenheit ab, bis der Wärter mir den Rücken zugewandt hatte, und sogleich folgte mein Bündel dem anderen in das Hemd des Strafgefangenen.

Eine Minute später war die Tür offen, und wir wurden in die Barbierstube gedrängt. Hier arbeiteten weitere Männer in Sträflingskleidung. Sie waren die Gefängnisbarbiere. Auf uns warteten Badewanne, heißes Wasser, Seife und Bürsten.

Man befahl uns, uns auszuziehen und in die Wannen zu steigen, und einer sollte immer den anderen abschrubben. Das Ganze war eine nutzlose Vorkehrung, denn im Zuchthaus wimmelte es von Ungeziefer.

Nach dem Bad erhielt jeder einen Kleidersack.

»Steckt euer Zeug in den Sack«, befahl der Wärter. »Es ist zwecklos, was einschmuggeln zu wollen. Und dann stellt euch mal schön nackt in Reihen auf, damit wir uns euch besser ansehen können. Wer nur dreißig Tage oder kürzer bei uns bleibt, darf seine Schuhe und Hosenträger behalten. Die anderen müssen alles abgeben!«

Die Bestürzung so mancher war offensichtlich. Wie kann ein Nackter etwas einschmuggeln? Nur mein Freund und ich hatten vorgesorgt. Und jetzt war die große Stunde für die Barbierhäftlinge. Sie mischten sich unter die Neuen und erboten sich mitfühlend, ihre Kostbarkeiten in Verwahrung zu nehmen und sie ihnen im Lauf des Tages zurückzugeben. Wenn man sie so reden hörte, waren sie alle die selbstlosesten Menschenfreunde überhaupt.

Im Handumdrehen kassierten die Barbiere alles ein. Streichhölzer, Tabak, Zigarettenpapier, Pfeifen, Klappmesser, Geld, eben alles wanderte in die weiten Anstaltsjacken, die sichtlich anschwollen. Und die Wärter taten, als bemerkten sie nichts.

Nun, um die Sache kürzer zu machen, natürlich sah keiner sein Eigentum je wieder. Die Barbiere hatten nie die Absicht gehabt, ihre Beute wieder herauszurücken. Sie fanden, daß sie ihnen durchaus rechtmäßig zustand. Sie war, sozusagen, ihr heimlicher Verdienst. Es gab so mancherlei ähnliche Einnahmen wie diese im Zuchthaus, zu denen man durch verstohlene Hilfeleistungen, Verkäufe von irgendwie organisierter Mangelware, Erpressung und durch Bestechung von anderen kam. All das sollte mir bald vertraut werden, und auch ich war dazu bestimmt, mir auf diese Weise das Zuchthausleben ein wenig zu erleichtern.

Es waren mehrere Stühle in der Barbierstube, und die Barbiere waren erstaunlich flink. So schnell wie hier habe ich noch nie einen Friseur im zivilen Leben rasieren und Haare schneiden gesehen.

Die Männer seiften sich selbst ein, und die Barbiere brauchten zum Rasieren eines jeden etwa eine Minute. Das Haareschneiden dauerte ein bißchen länger. In drei Minuten war mein Gesicht vom Flaum meiner achtzehn Jahre befreit und der Kopf so glatt geschoren wie eine Billardkugel mit schwachem Borstenbewuchs. Bärte aller Art verschwanden genauso wie unsere eigenen Kleider.

Auf mein Wort, wir sahen wie richtige Verbrecher aus, als die Burschen mit uns fertig waren. Vorher war mir gar nicht bewußt gewesen, welch abscheuliche Schwerverbrecher wir doch alle waren.

Dann mußten wir uns — alle vierzig oder fünfzig — in einer Reihe aufstellen, nackt wie Kiplings Helden, die Lungtungpen stürmten. Uns zu durchsuchen, war nicht schwer. Es gab ja auch nur unsere Schuhe und uns selbst. Zwei oder drei Unbesonnene, die den Wärtern und Barbieren nicht geglaubt hatten, trugen ihre Habseligkeiten bei sich. Und diese Habseligkeiten, nämlich Tabak, Pfeifen, Zündhölzer und Kleingeld, wurden schnell beschlagnahmt.

Als wir das überstanden hatten, brachte man uns unseren neuen Staat: steif gestärkte Hemden, Jacken und Hosen, und alles, natürlich, auffällig gestreift. Ich hatte mir doch tatsächlich bisher immer eingebildet, daß nur jene Sträflingskleidung tragen mußten, die eines schweren Verbrechens schuldig befunden worden waren. So kann man sich täuschen! Ich schlüpfte in das Aushängeschild meiner Schmach und bekam den ersten Vorgeschmack vom Zuchthausdasein.

Im Gänsemarsch, dicht hintereinander, und jeder die Hände auf den Schultern seines Vordermannes, wurden wir in eine weitere große Halle geführt. Hier mußten wir uns in einer langen Reihe, mit dem Rücken gegen die Wand, aufstellen und unseren linken Arm entblößen.

Ein junger Mann, ein Medizinstudent, der an solchem Vieh wie uns seine praktischen Erfahrungen sammeln sollte, schritt die Reihe entlang. Er impfte uns etwa viermal so schnell, wie die Barbiere uns rasiert hatten. Mit der Ermahnung, daß wir die Impfstelle mit möglichst nichts in Berührung bringen, uns nicht kratzen und das Blut trocknen lassen sollten, damit sich keine Kruste bilde, wurden wir zu unseren Zellen geführt.

Hier mußten mein Freund und ich uns trennen, doch nicht ehe er mir zugeflüstert hatte: »Lutsch es aus!«

Ich befolgte seinen Rat, sobald ich in meiner Zelle eingesperrt war. Später sah ich dann Mitgefangene, die es nicht getan hatten und scheußliche Löcher im Arm bekommen hatten, in die ich meine Faust hätte stecken können. Aber es war ihre eigene Schuld. Sie hätten das Zeug ja aussaugen können.

In meiner Zelle war noch ein anderer: ein junger, männ

lich wirkender Bursche, nicht sehr gesprächig, aber sehr fähig. Einen angenehmeren Zellenkameraden hätte ich mir gar nicht wünschen können. Er war wirklich ein großartiger Kerl, und das, obwohl er gerade erst eine zweijährige Haft in einem Zuchthaus in Ohio abgebüßt hatte.

Wir saßen kaum eine halbe Stunde, als ein Sträfling die Galerie entlangschlenderte und zu uns hereinblickte. Es war mein Freund. Er durfte sich frei in der Halle bewegen, wie er erklärte. Man würde ihn um sechs Uhr früh aus der Zelle lassen und ihn erst um einundzwanzig Uhr wieder einsperren. Er war der Arbeitskolonne in dieser Halle zugeteilt worden, und man hatte ihn umgehend zu einer Art Vertrauensmann gemacht, die man »Hallenmänner« nannte. Der Mann, dem er das zu verdanken hatte, war selbst Sträfling und der oberste, oder vielmehr der Erste Hallenmann. In unserer Halle gab es dreizehn Hallenmänner. Zehn waren je für eine Galerie zuständig, und über ihnen standen der Erste, Zweite und Dritte Hallenmann.

Wir Neuen sollten den Rest des Tages in der Zelle bleiben, teilte mir mein Freund mit, damit der Impfstoff richtig wirken könne. Am nächsten Morgen würden wir dann zur Schwerarbeit im Gefängnishof eingeteilt.

»Aber ich hol' dich dort schon weg, sobald ich kann«, versprach er mir. »Ich werd' dafür sorgen, daß einer der Hallenmänner seinen Vertrauensposten verliert und du ihn kriegst.«

Er schob die Hand in sein Hemd, brachte das Taschentuch mit meiner Habe zum Vorschein und steckte es mir durch die Gitterstäbe zu, ehe er sich weiter auf seinen Rundgang machte.

Ich knüpfte mein Bündel auf. Es war alles da. Nicht ein einziges Streichholz fehlte. Ich überließ meinem Zellenkumpel Papier und Tabak für eine Zigarette und drehte mir selbst ebenfalls eine. Als ich ein Streichholz anzünden wollte, hielt er mich zurück. Eine dünne, zerschlissene und nicht ausgesprochen saubere Steppdecke lag auf jeder unserer Pritschen. Er riß einen schmalen Streifen des fadenscheinigen Bezugstoffs ab und rollte ihn dicht zu einem langen schlanken Zylinder zusammen. Ihn zündete er mit dem kostbaren Streichholz an. Dieses eng zusammengepreßte Röllchen flammte nicht auf, sondern glimmte nur an seinem Ende. Es würde stundenlang anhalten. »Zunder« nannte mein Kamerad es. Wenn er abgebrannt war, brauchten wir nur einen neuen zu rollen, sein Ende an das des alten zu drücken, darauf zu blasen und so die Glut übertragen. Tatsächlich, wir hätten Prometheus einen guten Rat für die Bewahrung des Feuers erteilen können!

Um zwölf Uhr gab es das Mittagessen. Im unteren Teil unserer Gittertür befand sich eine kleine Öffnung wie die Klappe in einem Hühnerstall. Durch sie wurden zwei Kanten Brot geschoben und zwei Blechnäpfe mit »Suppe«. Eine Portion dieser Suppe bestand aus einem guten Liter heißen Wasser, auf dem ein einsames Fettauge schwamm. Auch eine Prise Salz war in diesem Wasser.

Wir tranken die Suppe, das Brot ließen wir übrig. Nicht, daß wir etwa nicht hungrig oder die Brotstücke ungenießbar gewesen wären, nein, es war verhältnismäßig gutes Brot. Aber wir hatten unsere Gründe. Mein Kamerad hatte ziemlich schnell entdeckt, daß es in unserer Zelle von Wanzen nur so wimmelte. In allen Spalten und Fugen der Mauersteine, wo der Mörtel herausgefallen war, gediehen ganze Kolonien dieser niedlichen Tierchen. Sie hatten auch nicht die geringsten Hemmungen, im hellen Tageslicht — sofern man hier davon sprechen konnte — zu Hunderten Ausflüge an den Wänden und der Zellendecke zu unternehmen.

Mein Kumpel kannte sich mit Kreaturen ihresgleichen gut aus. Wie Ritter Roland gegen die Sarazenen kämpfte er unerschrocken gegen diese Stechsauger. Es war eine beispiellose Schlacht! Sie dauerte Stunden. Es war ein Gemetzel!

Doch als die letzten Überlebenden in ihre Festungen flohen, war unsere Arbeit erst halb getan. Wir kauten bedächtig Brot, bis es die Beschaffenheit von Kitt hatte. Jedesmal, wenn ein fliehender Feind in Ritzen Zuflucht suchte, mauerten wir ihn mit einem Klümpchen unseres Brotkitts ein. Wir schufteten, bis es dämmrig wurde und bis jedes Loch, jeder Winkel und jede Ritze geschlossen war. Mir schauderte bei dem Gedanken an die Tragödien, die sich durch Hunger und Kannibalismus hinter den brotverkleisterten Schlupflöchern abspielen mußten.

Müde und hungrig warfen wir uns auf unsere Pritschen und warteten auf das Abendessen. Wir hatten ein gutes Tagewerk geleistet. In den kommenden Wochen würden wir zumindest nicht unter diesen Heerscharen von Ungeziefer zu leiden haben. Wir hatten unser Mittagessen geopfert, hatten unsere Haut auf Kosten unserer knurrenden Mägen gerettet, aber wir waren zufrieden. Doch wie müßig sind alle menschlichen Bemühungen! Kaum war unser anstrengender Feldzug beendet, schloß ein Wärter unsere Tür auf. Die Häftlinge wurden umquartiert, und man brachte uns in eine Zelle, zwei Galerien höher.

Früh am nächsten Morgen riß man uns aus dem Schlaf und dirigierte uns in die Halle hinunter, wo Hunderte von uns sich zum üblichen Hand-auf-die-Schulter-des Vordermanns-Marsch aufstellen mußten und hinaus auf den Hof zur Arbeit geführt wurden.

Der Erie-Kanal fließt direkt am Hinterfuß des Erie-County-Zuchthauses vorbei. Unsere Aufgabe bestand darin, Kanalboote zu entladen und schwere, eisenbahnschwellenähnliche Balken auf den Schultern ins Zuchthaus zu schleppen.

Bei der Arbeit machte ich mir ein Bild und erwog die Möglichkeiten einer Flucht. Aber ich mußte sie mir wohl aus dem Kopf schlagen. Auf der Mauer patrouillierten Wachen mit Repetiergewehren, und außerdem erfuhr ich, daß die Männer in den Wachtürmen mit Maschinengewehren bewaffnet waren.

Ich machte mir allerdings keine Sorgen. Dreißig Tage waren keine Ewigkeit. In dieser Zeit würde ich weiteres

Material sammeln, das ich nach meiner Entlassung gegen die Harpyien der Gerechtigkeit zu benutzen beabsichtigte. Ich würde es ihnen schon zeigen, was ein Amerikaner tun konnte, wenn seine Rechte und Privilegien mit Füßen getrampelt wurden, wie bei mir.

Man hatte mir mein Anrecht auf eine ordentliche Gerichtsverhandlung vorenthalten (denn dieses Schnellgericht in Niagara Falls konnte ich nicht als eine solche anerkennen). Man hatte mir das Recht verwehrt, mich schuldig oder unschuldig zu bekennen. Man hatte mir nicht die Möglichkeit gegeben, mich mit einem Anwalt in Verbindung zu setzen, und mir so mein Recht auf die Habeaskorpusakte verweigert. Man hatte mich rasiert, mir eine Stoppelfrisur geschoren, mich in gestreifte Kleidung gesteckt, und nun zwang man mich zu Schwerstarbeit bei nicht mehr als Wasser und Brot.

Und dazu mußte ich mich im Sträflingsmarsch unter Bewachung bewegen. Und warum das alles? Was hatte ich getan? Welches Verbrechens gegen die wackeren Bürger von Niagara Falls hatte ich mich denn schuldig gemacht, daß man sich mit einer solchen Strafe rächen mußte?

Ich hatte nicht einmal gegen ihr Verbot, im Freien in der Stadt zu übernachten, verstoßen. Ich hatte außerhalb der städtischen Gerichtsbarkeit auf dem Land auf einer Wiese geschlafen. Weder hatte ich um ein Essen in irgendeinem Haus gebettelt noch um ein Almosen auf den Straßen. Das einzige, was ich tatsächlich getan hatte, war, mir ihren billigen Wasserfall anzuschauen. War das ein Verbrechen? Praktisch hatte ich mich nicht des geringsten Vergehens schuldig gemacht. Na, ich würde es ihnen schon zeigen, wenn ich wieder frei war!

Am nächsten Tag wandte ich mich an einen Wärter. Ich verlangte nach einem Anwalt. Der Bursche lachte mich nur aus, genau wie die anderen Wärter auch. Ich war tatsächlich von jeder Verbindung mit der Außenwelt abgeschlossen. Ich wollte einen Brief schreiben, mußte jedoch erfahren, daß alle Briefe durch die Zuchthausverwaltung gingen, wo sie gelesen und zensiert und möglicherweise beschlagnahmt wurden, und daß zu kürzeren Haftstrafen Verurteilte wie ich überhaupt keine Briefe schreiben dürften.

Nach einiger Zeit versuchte ich durch Männer, die entlassen wurden, Briefe hinauszuschmuggeln, aber ich erfuhr auf Umwegen, daß man sie durchsucht und die Briefe gefunden und vernichtet hatte. Aber das spielte jetzt auch keine Rolle mehr, es trug lediglich dazu bei, meinen Fall zu erhärten, wenn ich ihn erst publik machte.

Aber als meine Haft verstrich (ich werde auf diese Zeit im folgenden Kapitel näher eingehen), erfuhr ich so allerlei, das mir zu denken gab. Ich hörte Geschichten über die Polizei, über Gerichte und Verteidiger, die einfach unglaublich und haarsträubend waren. Mithäftlinge erzählten mir ihre persönlichen Erlebnisse mit der Polizei größerer Städte. Früher hätte ich sie für einfach unmöglich gehalten. Noch ärger waren die Geschichten, die sie vom Hörensagen kannten, über Leute, deren Tod die Polizei auf dem Gewissen hatte und die deshalb nicht mehr selbst davon erzählen konnten.

Viele Jahre später las ich in den Berichten der Lexow-Kommission Tatsachen, die noch weit schlimmer waren. Aber in den ersten Hafttagen tat ich dergleichen als Phantastereien ab.

Mit der Zeit schwand jedoch meine Skepsis. In diesem Zuchthaus war ich Zeuge der haarsträubendsten Dinge, die ich nie geglaubt hätte, hätte ich sie nicht mit eigenen Augen gesehen. Und je mehr ich sah und hörte, desto quälender wurde mein Respekt vor diesen Bluthunden des Gesetzes und überhaupt der ganzen Einrichtung des Strafrechts.

So wich meine Enttäuschung allmählich nackter Angst. Ich sah schließlich ganz klar, mit welchem Moloch ich mich da hatte anlegen wollen. Ganz klein wurde ich. Und von Tag zu Tag wuchs mein Entschluß, schön brav den Mund zu halten und keinen Staub aufzuwirbeln, wenn ich erst draußen war.

Alles, was ich jetzt nach meiner Entlassung noch wollte, war, aus dieser Gegend zu verschwinden. Genau das tat ich auch, sobald sich die Tore des Erie-County-Zuchthauses hinter mir geschlossen hatten.

Heimlich, still und leise verzog ich mich umgehend, weiser und demütiger, in den Bundesstaat Pennsylvanien.

IM KNAST

Zwei Tage schuftete ich im Zuchthaushof. Es war schwere Arbeit, und obwohl ich mich drückte, so gut es ging, machte sie mich fertig. Das lag am Essen. Bei einer Kost, wie wir sie bekamen, konnte niemand schwer arbeiten. Brot und Wasser war alles, was man uns vorsetzte. Einmal in der Woche sollten wir Fleisch bekommen, aber es reichte nicht immer für alle, und da ohnehin schon aller Nährwert in der Suppe herausgekocht war, spielte es, was die Kräftigung anbelangte, keine große Rolle, ob man was davon abkriegte oder nicht.

Außerdem war das Schlimme an der Wasser-und-Brot-Kost, daß wir vom ersterem zwar reichlich zugeteilt bekamen, von letzterem jedoch keineswegs. Eine Brotration war etwa so groß wie zwei Fäuste, und jeder Sträfling erhielt täglich drei dieser Rationen.

Ein Gutes hatte das Wasser, das muß ich zugeben: es war heiß. Am Morgen wurde es »Kaffee« genannt, am Mittag als »Suppe« vorgesetzt, und des Abends verteilte man es unter der Bezeichnung »Tee«. Was nichts daran änderte, daß es immer nur heißes Wasser war.

Die Häftlinge hatten ihren eigenen Namen dafür, nämlich »Zauberwasser«. Zum Frühstück war es schwarz, das kam daher, daß man verbrannte Brotrinden mitkochte. Zum Mittagessen war es farblos, unter Zufügung einer Spur Salz und einem Fettauge. Zum Abendessen hatte es einen rotbraunen Farbton, der unlösbare Rätsel aufgab, jedenfalls war es ein verdammt dünner Tee, aber ein herrlich heißes Wasser.

Wir waren eine ausgehungerte Gesellschaft im Erie-County-Zuchthaus. Nur die mit längeren Haftstrafen bekamen ausreichend zu essen, und das nur aus dem Grund, daß sie zu schnell an der Kost eingegangen wären, die man uns, die wir nicht lange zu bleiben brauchten, vorsetzte. Daß sie nahrhafteres Essen bekamen, weiß ich, denn in unserer Halle war im Parterre eine ganze Zellenreihe mit ihnen, und als ich Vertrauensmann war, stahl ich schamlos von ihren Mahlzeiten, wenn ich sie ihnen brachte. Der Mensch kann nicht vom Brot allein leben, und schon gar nicht, wenn man viel zu wenig davon abbekommt.

Mein Freund hielt sein Versprechen. Nach zwei Tagen Arbeit im Hof holte man mich aus meiner Zelle und machte mich zum »Hallenmann«. Des Morgens und Abends brachten wir Hallenmänner den Sträflingen das Brot in die Zellen, während mittags eine andere Methode üblich war. Die Häftlinge kamen in ihrem »Hand-auf-die-Schulter des Vordermanns-Marsch« in einer langen Reihe vom Hof herein. Beim Betreten unserer Halle durften sie die Hände von den Schultern des Vordermanns nehmen. Direkt an der Tür waren Tabletts mit Brot aufgestapelt, und dort standen auch der Erste Hallenmann und zwei gewöhnliche Hallenmänner.

Ich gehörte zu den letzteren. Wir waren damit beauftragt, die Tabletts zu halten, während die Sträflinge daran vorbeistapften und sich einen Brotkanten nehmen durften. Sobald das Tablett — sagen wir das, das ich hielt — leer war, nahm der andere Hallenmann meinen Platz mit einem vollen Tablett ein. Wenn das leer war, übernahm wieder ich mit einem vollen. Und so zogen die ganzen Sträflinge im Gänsemarsch vorbei, und jeder nahm sich mit der Rechten seine Brotration vom ausgestreckten Tablett.

Die Aufgabe des Ersten Hallenmannes war etwas anderer Art. Mit einem Knüppel in der Hand stand er neben dem Tablett und paßte auf. Die ausgehungerten armen Teufel gaben sich manchmal der irrigen Vorstellung hin, es würde ihnen irgendwie gelingen, sich unbemerkt zwei Brotrationen vom Tablett zu schnappen. Aber ich kann mich nicht erinnern, daß es ihnen je geglückt wäre. Der Knüppel des Ersten Hallenmannes hatte eine Art, durch die Luft zu schnellen — flink wie die Tatze eines Tigers — und der allzu kühnen Hand einen schlimmen Denkzettel zu verpassen.

Der Erste Hallenmann konnte die Entfernung genau

Der Knüppel des Ersten Hallenmannes hatte eine Art, durch die Luft zu schnellen — flink wie die Tatze eines Tigers — und der allzu kühnen Hand einen schlimmen Denkzettel zu verpassen. (Seite 88)

abschätzen, und er hatte schon so viele Hände zerschmettert, daß er unfehlbar geworden war. Nein, nie traf er daneben, und gewöhnlich bestrafte er den Ertappten, der ohnehin schon genug litt, auch noch, indem er ihm die Brotration wegnahm und ihn hungrig in die Zelle zu seiner Mahlzeit aus heißem Wasser schickte.

Und nicht nur einmal, während all diese Männer hungrig auf ihren Pritschen lagen, sah ich hundert Brotrationen und mehr in den Zellen der Hallenmänner versteckt. Es mag vielleicht absurd erscheinen, dieses Brot zu horten — aber es war unser Geschäftskapital. Wir waren Wirtschaftsbosse in unserer Halle, und unsere Methoden im kleinen unterschieden sich nicht allzu sehr von denen im großen der hohen Herren an der Spitze.

Wir kontrollierten die Versorgung der Bevölkerung, und genau wie die Gauner größeren Formats außerhalb unserer Mauern, nahmen wir die Leute aus. Das Brot war unser Tauschobjekt.

Einmal in der Woche erhielten die Männer, die im Hof arbeiteten, ein Stück Kautabak. Dieser Kautabak war in unserem Reich die Währung. Für einen Priem gaben wir zwei bis drei Brotkanten. Und die Männer gingen auf diesen Tauschhandel ein, nicht, weil sie sich weniger aus dem Tabak machten, sondern weil sie das Brot dringender brauchten.

Oh, ich weiß selbst, daß es genauso schlimm war, wie einem Kind Bonbons wegzunehmen, aber was hätten Sie an unserer Stelle getan? Wir mußten leben. Und sollten Tatkraft und Unternehmungsgeist nicht belohnt werden?

Zudem folgten wir ja nur dem Beispiel der größeren draußen, die unter ihrer Tünche der Respektabilität als Kaufleute, Bankiers und Wirtschaftskapitäne genau das gleiche wie wir taten.

Ich möchte gar nicht daran denken, was aus den armen Teufeln ohne uns geworden wäre. Schließlich waren wir es, die im Erie-County-Zuchthaus Brot in Umlauf brachten. Und wir ermutigten zur Sparsamkeit und

Genügsamkeit — zumindest die Burschen, von denen wir den Tabak bekamen. Und dann waren wir auch das große Vorbild! Im Herzen eines jeden Häftlings weckten wir den Ehrgeiz, es uns gleich zu tun. Retter der Gesellschaft — ja, ich glaube, das waren wir.

Natürlich gab es auch Hungrige ohne Tabak, vielleicht, weil sie ihn in ihrer Gier selbst gekaut hatten. Nun gut, aber sie waren vielleicht im Besitz von Hosenträgern. Für ein Paar gab ich sechs Brotrationen — und sogar ein Dutzend, wenn die Hosenträger von bester Qualität oder zumindest sehr gut erhalten waren. Ich selbst trug nie Hosenträger, aber das tat nichts zur Sache.

Um die Ecke herum saß ein Sträfling zehn Jahre wegen Totschlags. Er hätte gern wieder Hosenträger gehabt, ich dagegen hätte gern wieder mal Fleisch gekaut. Also tauschte ich die Hosenträger gegen seine Fleischration ein. Oder vielleicht war er der glückliche Besitzer von Paperbacklektüre, egal, wie zerfetzt das Buch war. So etwas war ein wahrer Schatz. Ich konnte es lesen und dann den Bäckern für Kuchen eintauschen, oder den Köchen für Fleisch und Gemüse, oder den Heizern für anständigen Kaffee, oder irgend jemand anderem für eine der Zeitungen, die sich hin und wieder — weiß der Himmel wie — im Zuchthaus verirrten. Köche, Bäcker und Heizer waren Häftlinge, genau wie ich, und in unserer Halle, in der ersten Zellenreihe über uns untergebracht.

Kurzum, im Erie-County-Zuchthaus wurde ein reger Tauschhandel betrieben. Selbst Geld war im Umlauf. Es wurde hin und wieder von den Neuen eingeschmuggelt, häufiger jedoch von den langjährigen Sträflingen — allerdings habe ich nicht die leiseste Ahnung, wie sie dazu kamen.

Man erzählte sich, daß der Erste Hallenmann, dank seines Postens, sehr reich war. Zusätzlich zu seinen verschiedensten Geschäften verdiente er auch an uns. Wir ernteten von den armen Teufeln, und der Erste Hallenmann erntete obendrein noch von uns. Um unsere eigenen

Geschäftchen betreiben zu dürfen, benötigten wir die Erlaubnis, und für die mußten wir bezahlen. Wie erwähnt, war er angeblich sehr reich, aber von seinem Geld profitierten wir nicht. Er hatte eine Zelle für sich allein in einsamer Erhabenheit.

Aber ich wußte, daß man im Zuchthaus tatsächlich zu Geld kommen konnte, denn ich war eine Zeitlang Zellengenosse des Dritten Hallenmannes. Er war der Besitzer eines stattlichen Vermögens von etwas über sechzehn Dollar, das er jeden Abend nach einundzwanzig Uhr zählte, nachdem wir ebenfalls eingeschlossen waren. Er nahm auch keinen Abend davon Abstand, mir klarzumachen, was er mit mir anstellen würde, falls es mir einfallen sollte, den anderen Hallenmännern davon zu erzählen.

Sie müssen wissen, er hatte Angst, beraubt zu werden, und wahrscheinlich nicht zu Unrecht, falls etwas von seinem Reichtum laut würde. Von drei Seiten drohte ihm da Gefahr: Erstens von den Wächtern. Ein paar könnten sich zusammentun, über ihn herfallen, ihn wegen angeblicher Aufsässigkeit verprügeln und ihn ins »Loch« stecken. Und inzwischen würden die sechzehn Dollar Beine bekommen. Zweitens von seiten des Ersten Hallenmanns, der sie ihm unter dem Hinweis abluchsen könnte, daß er durchaus imstande sei, ihm den schönen Vertrauensposten wieder zu nehmen und dafür zu sorgen, daß er erneut im Hof arbeiten durfte. Und drittens waren da wir zehn gewöhnlichen Hallenmänner, die dieses Riesenvermögen sehr wohl dazu verlocken mochte, daß wir ihn eines schönen Tages in einem dunklen Winkel fertigmachten. Oh ja, wir waren Wölfe — genau wie die Geldmänner der Wallstreet.

Ja, er hatte guten Grund, vor uns Angst zu haben, und mir ging es mit ihm nicht anders. Er war ein großer, kräftiger Analphabet, ein ehemaliger Austernräuber von der Chesapeake Bay, der mehrfach vorbestraft war und schon fünf Jahre in Sing-Sing abgesessen hatte. Außerdem war er in jeder Beziehung tierisch. Er fing, beispielsweise, Spatzen, die durch die offenen Fenstergitter in unsere Halle flogen. Kaum hatte er einen erwischt, rannte er damit in seine Zelle, wo ich persönlich gesehen habe, wie er sie zerbiß und die Federn ausspuckte, während er sie roh verschlang.

O nein, ich habe den anderen Hallenmännern nichts von seinen sechzehn Dollar verraten. Dies ist das erstemal, daß ich sie erwähne.

Trotzdem habe ich an ihm verdient. Er war in eine Frau verliebt, die in der Frauenabteilung des Zuchthauses ihre Haftstrafe verbüßte. Da er weder lesen noch schreiben konnte, las ich ihm ihre Briefe vor und schrieb seine Antworten. Und dafür ließ ich ihn bezahlen, und nicht schlecht.

Aber es waren auch wirklich schöne Briefe! Ich legte mein ganzes Herz hinein, zog alle Register, und außerdem gewann ich sie für ihn. Allerdings nehme ich bei meinem Scharfsinn an, daß sie nicht wirklich in ihn verliebt war, sondern in den Briefschreiber. Ich kann nicht umhin, es zu wiederholen: die Briefe waren wunderschön.

Ein weiteres unserer Geschäftchen war der »Luntenverleih«. Wir waren die Himmelsboten, die Feuerbringer in dieser eisernen Welt der Gitter und Riegel. Wenn die Männer des Abends von der Arbeit kamen und in ihre Zellen gesperrt wurden, wollten sie rauchen. Dann waren wir es, die ihnen den göttlichen Funken zukommen ließen, indem wir mit unseren glimmenden Lunten von Zelle zu Zelle zogen.

Die Gewitzten oder die, mit denen wir Geschäfte machten, hielten schon ihre eigenen Lunten zum Zünden bereit. Doch nicht jeder bekam den Himmelsfunken. Wer nicht in die Tasche greifen wollte, mußte sich, ohne vorher eine rauchen zu können, schlafen legen. Aber was scherte das uns? Wir standen ja so hoch über ihm. Und wenn er wirklich einmal aufmuckte, zeigten ihm gern zwei oder drei von uns, wo sein Platz war.

Sehen Sie, wir waren dreizehn Hallenmänner und hatten in unserer Halle etwa ein halbes Tausend Sträflinge. Wir mußten unsere Arbeit verrichten und für Ordnung sorgen. Letzteres war ja eigentlich die Aufgabe der Wärter, aber sie hatten sie uns übertragen. Also sorgten wir für Ordnung. Täten wir es nicht, wären wir die längste Zeit Hallenmänner gewesen und würden zurück in den Hof zur Schwerarbeit wandern, wenn nicht gar eine Weile ins Loch, in die Dunkelzelle.

Versetzen Sie sich in meine Lage, und bedenken Sie unser Problem. Hier waren wir dreizehn Wölfe über einem halben Tausend weiterer. Dieses Zuchthaus war die Hölle auf Erden, und uns dreizehn war gleichsam die Regierung übertragen. Das Wesen dieser Wölfe hier machte es unmöglich, mit Freundlichkeit und Güte zu regieren, also mußten wir etwas tun, damit die Burschen aus Angst vor uns kuschten.

Natürlich waren da immer noch die Wärter, die uns Rückhalt geben konnten. In Notfällen wandten wir uns an sie, täten wir es jedoch zu häufig, konnten wir damit rechnen, daß sie uns durch andere Vertrauensmänner ersetzen würden, die ihnen weniger Mühe machten.

Wir bemühten sie nur selten, und wenn, dann höchstens, wenn sie uns eine Zelle aufsperren sollten, damit wir an einen aufsässigen Sträfling herankamen, den wir zur Vernunft bringen wollten.

In solchen Fällen sperrte der Wärter die Zelle tatsächlich bloß auf und zog sich dann gleich zurück, um nicht Zeuge zu sein, wenn ein halbes Dutzend Hallenmänner nicht ganz sanft mit einem Häftling umsprangen.

Auf die Einzelheiten dieser »Behandlung« möchte ich nicht eingehen. Schließlich war dergleichen nur einer der geringeren, nicht wiederzugebenden Schrecken des Erie-County-Zuchthauses. Ich sage »nicht wiederzugeben«, aber eigentlich war es »undenkbar« — zumindest undenkbar für mich, bis ich es selbst erlebte, und dabei war ich auch zuvor kein grüner Junge gewesen und kannte die entsetzlichen Abgründe menschlicher Verdorbenheit.

Um die im Erie-County-Zuchthaus zu ermessen, hätte

man ein langes Senklot gebraucht, aber ich gehe hier nur oberflächlich auf das ein, was ich aus eigener Erfahrung davon weiß.

Manchmal, beispielsweise am Morgen, wenn die Häftlinge zum Waschen herunter kamen, waren wir dreizehn praktisch allein unter ihnen, und so gut wie jeder einzelne dieser Burschen hatte es auf uns abgesehen. Dreizehn gegen fünfhundert, die wir uns nur durch unser furchterregendes Benehmen vom Leib halten konnten. Wir durften nicht den kleinsten Verstoß gegen die Bestimmungen durchgehen lassen, nicht die geringste Unverschämtheit. Die Regel für uns war, zuzuschlagen, sobald einer den Mund öffnete — und zwar hart zuzuschlagen, mit irgend etwas. Ein Besenstiel, mit viel Kraft ins Gesicht gehauen, übte eine sehr ernüchternde Wirkung aus.

Doch das war nicht alles. In einem solchen Fall mußte ein Exempel statuiert werden. Also war die nächste Regel, den Mann nicht so leicht davonkommen zu lassen, sondern ihm einen tüchtigen Denkzettel zu verpassen. Natürlich konnte man sicher sein, daß alle Hallenmänner in der Nähe sofort zur Unterstützung herbeirannten, denn auch das war eine Regel.

Wann immer ein Hallenmann Schwierigkeiten mit einem Sträfling hatte, mußten die anderen, die es sahen, ihm helfen, und zwar ungeachtet, worum es eigentlich ging. Hauptsache, man schlug zu, egal womit, und der Aufsässige ging zu Boden.

Ich entsinne mich eines gutaussehenden, etwa zwanzigjährigen Mulatten, der die Wahnsinnsidee hatte, auf seine Rechte zu pochen. Sie standen ihm auch zu, aber das half ihm absolut nicht. Er war in einer Zelle der obersten Galerie untergebracht. Acht Hallenmänner raubten ihm den Glauben an seine Rechte in etwa eineinhalb Minuten — denn so lange dauerte es, bis er zum Ende der Galerie geschlappt war und, über die Eisentreppen der fünf Stockaußer den Füßen, auf dem er diese Strecke nicht zurückgelegt hatte, dafür hatten die Hallenmänner schon gesorgt.

Der Mulatte schlug auf dem Steinboden auf, in der Nähe, von wo aus ich das Ganze beobachtete. Er kam auf die Beine und stand einen Moment aufrecht. In diesem Moment breitete er die Arme weit aus und stieß einen grauenvollen Schrei aus, aus dem Schrecken, Schmerz und Hoffnungslosigkeit sprachen. Und in diesem gleichen Augenblick — wie bei einer Verwandlungsszene — fielen die Fetzen seines steifen Sträflingsanzugs von ihm, bis er völlig nackt dastand und man sehen konnte, wie das Blut überall an ihm herausquoll. Dann brach er bewußtlos zusammen.

Diese Lektion würde er nie vergessen. Und jeder Sträfling in diesen Mauern, der ihn hatte schreien hören, würde daraus lernen — genau wie ich es tat. Es ist nicht schön zu sehen, wie ein Mann in eineinhalb Minuten körperlich und seelisch gebrochen wird.

Folgende Beschreibung soll zeigen, wie wir unser Luntengeschäft betrieben. Neueingelieferte werden in die Zellen gebracht, für die man als Hallenmann verantwortlich ist. Mit der Lunte geht man an den Gitterstäben vorbei.

»He, Kamerad, gib uns Feuer«, ruft da einer.

Nun, das bedeutet, daß dieser Mann Tabak hat. Man reicht ihm die Lunte herein und geht weiter. Ein wenig später kommt man zurück und lehnt sich beiläufig an das Gitter seiner Zelle. »Sag, Kamerad«, fragt man, »kannst du uns ein bißchen was von deinem Tabak abtreten?«

Wenn er sich noch nicht auskennt, wird er vielleicht feierlich beschwören, daß er keinen mehr hat. Darauf läßt man es beruhen, man bedauert ihn höchstens, ehe man weitergeht. Aber man weiß, daß seine Lunte nur für den einen Tag reicht.

Am nächsten Tag geht man an seiner Zelle vorbei. Er ruft einem nach: »He, Kamerad, gib uns Feuer.«

Und man sagt: »Ihr habt doch keinen Tabak, also braucht ihr auch kein Feuer.« Er bekommt auch keins.

Nach einer halben Stunde, oder auch erst nach zwei oder drei Stunden, spaziert man wieder an seiner Zelle vorbei.

Der Mann wird mit schmeichelnder Stimme rufen: »Komm doch mal her, Kamerad.«

Man tut es. Man streckt auffordernd den Arm durchs Gitter und zieht die Hand mit kostbarem Tabak gefüllt zurück. Dann bekommt der Bursche sein Feuer.

Zuweilen kommt aber auch ein Neuer, mit dem man keine solchen oder ähnlichen Spielchen treiben darf. Auf geheimnisvollen Wegen macht der ungeschriebene Befehl die Runde, daß er anständig zu behandeln ist. Woher diese Anweisung ursprünglich kommt, erfuhr ich nie. Fest steht jedenfalls, daß der Mann Beziehungen hat — vielleicht zu einem der Ersten Hallenmänner, vielleicht aber auch zu einem Wärter in einer anderen Abteilung des Zuchthauses. Es kann natürlich ebenso sein, daß er sich durch Bestechung Höherer eine gute Behandlung gesichert hat. Doch wie auch immer, wir wissen, daß wir ihn mit Glacéhandschuhen anfassen müssen, wenn wir keine Schwierigkeiten bekommen wollen.

Wir Hallenmänner waren Mittelsmänner und Boten. Wir vermittelten die Verbindung zwischen Sträflingen in den verschiedensten Abteilungen und verlangten natürlich von beiden Seiten etwas dafür. Häufig mußte etwas durch ein halbes Dutzend Mittelsmänner gehen, und keiner machte es umsonst.

Manchmal war man jemandem etwas für Gefälligkeiten schuldig, manchmal schuldeten andere einem etwas. So stand ich, beispielsweise, gleich bei Ankunft im Zuchthaus, in der Schuld des Häftlings, der meine »Wertsachen« hereingeschmuggelt hatte.

Eine Woche später steckte mir ein Heizer einen Brief zu, den einer der Barbiere ihm gegeben hatte. Dieser wiederum hatte ihn von dem Sträfling, der meine Sachen hereingeschmuggelt hatte.

Da ich in seiner Schuld stand, sollte ich den Brief weiterbefördern. Aber nicht er war der Absender, sondern ein Bursche mit einer längeren Haftstrafe. Der Brief war für eine Frau in der Frauenabteilung. Doch ob er für sie bestimmt war oder ob auch sie ihn lediglich weitergeben sollte, wußte ich nicht. Ich kannte nur ihre Beschreibung, und nun war ich dafür verantwortlich, daß sie ihn auch bekam.

Zwei Tage konnte ich in diesem Fall nichts unternehmen, dann kam eine Gelegenheit. Die Frau arbeitete in der Nähstube, wo auch unsere Sachen ausgebessert wurden. Einige unserer Hallenmänner sollten in der Frauenabteilung die geflickten Sachen unserer Halle holen. Ich ließ mich vom Ersten Hallenmann dazu einteilen.

Tür um Tür wurde für uns aufgesperrt, als wir das ganze Zuchthaus zur Frauenabteilung durchquerten. Wir betraten einen saalartigen Raum, in dem die Frauen über ihrer Flickarbeit saßen. Meine Augen suchten die Frau, die man mir beschrieben hatte. Ich fand sie und richtete es ein, in ihre Nähe zu kommen. Zwei der Wärterinnen beobachteten uns mit Luchsaugen. Ich hielt den Brief in meiner Hand versteckt und gab der Frau Zeichen mit den Augen. Sie wußte, daß ich etwas für sie hatte. Sie mußte es erwartet haben und hatte bestimmt gleich bei unserem Eintritt zu erraten versucht, welcher von uns der Überbringer war. Aber eine der Wärterinnen stand keinen Meter von mir entfernt.

Schon hoben meine Kameraden die Bündel auf, die wir mitnehmen mußten. Die Sekunden verstrichen. Ich ließ mir mit meinem Bündel Zeit und tat, als wäre es nicht richtig zugebunden. Würde diese Wärterin endlich wegschauen? Oder würde ich unverrichteter Dinge wieder abziehen müssen?

Gerade in diesem Augenblick stellte eine andere Gefangene einem der unseren zum Spaß ein Bein, oder vielleicht zwickte sie ihn. Ich weiß es nicht genau. Jedenfalls lenkte es die Aufmerksamkeit der Wärterin auf diese Frau, die sie scharf zurechtwies.

Ich habe keine Ahnung, ob diese Ablenkung geplant war; wie auch immer, sie verschaffte mir die Gelegenheit, auf die ich schon kaum mehr zu hoffen gewagt hatte. Die Empfängerin beugte sich tiefer über ihre Flickarbeit und ließ eine Hand auf den Boden hängen.

Aus meiner gebückten Haltung steckte ich ihr den Brief zu und erhielt meinerseits einen von ihr. Im nächsten Augenblick hatte ich mein Wäschebündel auf der Schulter, und schon ruhte der Adlerblick der Wärterin auf mir, da ich der letzte Hallenmann war. Ich beeilte mich, meine Kameraden einzuholen.

Den Brief der Frau gab ich an den Heizer weiter, der ihn dann durch den Barbier dem Sträfling zukommen ließ, der mein Zeug hereingeschmuggelt hatte, und der wiederum lieferte ihn bei seinem Empfänger ab.

Briefe besorgten wir sehr häufig, und der Weg, den sie nahmen, war gewöhnlich so verzwickt, daß wir weder den Absender noch den Empfänger kannten. Wir waren lediglich Glieder in der langen Kette. Irgendwo, irgendwann schob mir ein Häftling einen Brief in die Hand und sagte mir, wen ich ihn als nächstem weitergeben sollte. All das waren Gefälligkeiten, für die ich irgendwann einmal entschädigt wurde, wenn ich direkt mit dem Absender, oder dem von ihm unmittelbar Beauftragten, in Berührung kam.

Das ganze Zuchthaus war mit einem Netzwerk von Mittelsmännern durchzogen. Und wir, die wir dieses Verbindungssystem kontrollierten, erhoben selbstverständlich hohe Gebühren von unseren Kunden — genau, wie es im freien Leben üblich ist. Es war eine Dienstleistung gegen beträchtliche Entschädigung — hin und wieder geschahen diese Leistungen aber auch aus reiner Freundschaft.

Und ich pflegte die Freundschaft mit dem Mann, an den ich mich bereits im Zug herangemacht hatte. Er hatte so viel für mich getan, und natürlich erwartete er, daß ich auch viel für ihn tun würde. Er nahm an, daß wir nach unserer Entlassung zusammenbleiben und, selbstredend, gemeinsam »Dinge drehen« würden. Denn mein Freund war ein Verbrecher — oh, keiner der ganz großen, nur ein

Gelegenheitsverbrecher, der, wo sich ihm etwas bot, klaute, einbrach, sich auch als Straßenräuber betätigte und vermutlich selbst vor einem Totschlag nicht zurückschrecken würde, wenn er sich in die Ecke gedrängt sah. Und jetzt, da er die nötige Zeit hatte, plante er auch einige Jobs.

Er besprach sie mit mir, und er wußte auch bereits, wie er mich einsetzen würde, und ich half ihm, Einzelheiten auszuarbeiten. Ich kannte viele Kriminelle und wußte, wie ich mich zu verhalten hatte. Keine Minute lang hätte mein Freund daran gedacht, daß ich ihn nur an der Nase herumführte. Für ihn war ich vom gleichen Holz geschnitzt wie er, und er mochte mich, weil ich nicht dumm war, aber ein bißchen auch, glaube ich, um meiner selbst willen.

Natürlich hatte ich nicht die leiseste Absicht, sein schmutziges Verbrecherleben mit ihm zu teilen, aber ich wäre dumm gewesen, hätte ich nicht alle Annehmlichkeiten mitgenommen, die seine Freundschaft mir ermöglichten. Wenn einen die reißende Strömung mitgerissen hat, kann man nichts anderes tun, als mit ihr zu schwimmen und darauf zu warten, daß sie einen ans Ufer trägt. So jedenfalls ging es mir im Erie-County-Zuchthaus. Ich mußte bei der Gang mitmachen oder bei Wasser und Brot Schwerstarbeit leisten. Und um in der Gang bleiben zu können, mußte ich mich mit meinem Kumpel gutstellen.

Das Leben hinter den Zuchthausmauern war wahrhaftig nicht eintönig. Jeden Tag war etwas anderes los. Irgendwer hatte einen Anfall oder drehte durch, oder es kam zu Prügeleien, oder die Hallenmänner besoffen sich.

Stromer-Jack, einer der gewöhnlichen Hallenmänner, war unser großer Säufer. Er war ein echter »Profi«, ein waschechter »Stiff«, und deshalb sahen die verantwortlichen Hallenmänner ihm so manches nach.

Pittsburgh-Jo, der Zweite Hallenmann, trank kaum weniger als er, und so ließen die beiden sich häufig gemeinsam vollaufen. Und die beiden brüsteten sich damit, daß das Erie-County-Zuchthaus der einzige Ort war, wo man sich einen ordentlichen Rausch ansaufen konnte, ohne daß man gleich verhaftet wurde.

Wie sie an das Zeug kamen, weiß ich nicht. Allerdings hörte ich, daß sie sich auf irgendeine Weise Kaliumbromid aus der Krankenstation verschafften und das verwendeten. Aber wovon auch immer, hin und wieder hatten sie ausgewachsene Räusche.

Unsere Halle war ein Sumpf mit seinem Abschaum der Gesellschaft aus Taugenichtsen, verkommenen Subjekten, menschlichen Wracks, Verrückten, Hohlköpfen, Fallsüchtigen, menschlichen Bestien, Schwächlingen und ähnlichen. Kurz, eine Meute, wie sie einem Alptraum hätte entsprungen sein können. Infolgedessen waren Anfälle keine Seltenheit bei uns. Man hätte meinen können, diese Anfälle wären ansteckend. Kaum bekam einer einen, zeigten andere die gleichen Symptome. Ich habe es selbst erlebt, daß sieben Männer gleichzeitig unter Anfällen litten. Ihre Schreie waren nicht auszuhalten. Aber das genügte nicht, kaum hörten andere sie, fingen einige der Verrückten ebenfalls zu schreien, ja auch zu wimmern und zu lallen an. Nie wurde für die Epileptiker etwas getan, außer daß man ihnen kaltes Wasser über den Kopf schüttete. Nach dem Medizinstudent oder gar dem Anstaltsarzt zu rufen, war zwecklos. Sie dachten gar nicht daran, sich wegen solcher Lapalien —noch dazu bei dieser Häufigkeit — herzubemühen.

Ein etwa achtzehnjähriger Holländer war am schlimmsten dran. Es verging kaum ein Tag, an dem er keinen Anfall hatte. Aus diesem Grund hatte man ihn in einer Parterrezelle, unweit unserer, untergebracht. Nachdem er mehrmals Anfälle im Hof erlitten hatte, wollten die Aufseher dort ihn nicht mehr um sich haben, und man sperrte ihn den ganzen Tag mit seinem Zellengenossen ein, einem waschechten Cockney, der sich ein bißchen um ihn kümmern sollte. Aber dieser Engländer war jedesmal vor Schreck wie gelähmt, wenn der Holländer einen Anfall bekam.

Der Holländer kannte kein Wort Englisch. Er hatte auf einer Farm gearbeitet und saß jetzt drei Monate ab, wegen einer Prügelei. Jedesmal, wenn seine Anfälle kamen, heulte er wie ein Wolf. Und jedesmal stand er dabei, was sehr ungut für ihn war, denn natürlich stürzte er im Verlauf des Anfalls immer der Länge nach auf den Boden.

Jedesmal, wenn ich sein gedehntes Wolfsheulen hörte, griff ich nach einem Besen und rannte zu seiner Zelle. Da man uns Hallenmännern aber keine Schlüssel anvertraute, konnte ich nicht zu ihm hinein. Er stand gewöhnlich in der Mitte der engen Zelle, zitterte krampfhaft, hatte die Augen so weit zurückgerollt, daß man nur das Weiße sah, und heulte wie eine verlorene Seele.

So sehr ich ihm auch zuredete, und was ich auch tat, ich konnte den Cockney einfach nicht dazu bringen, sich seiner anzunehmen. Während der Holländer heulend dastand, kauerte er, selbst am ganzen Leib zitternd, völlig verstört auf seiner oberen Pritsche und starrte mit furchterfülltem Blick auf die schreckliche Gestalt mit den zurückgerollten Augen, die heulte und heulte. Es war auch für den armen Teufel von einem Cockney schlimm. Er war selbst sehr labil, und es war ein Wunder, daß er dabei nicht ganz den Verstand verlor und durchdrehte.

Alles, was ich tun konnte, war, dem Holländer ein wenig mit dem Besen zu helfen. Ich schob ihn durch das Gitter, drückte ihn leicht an seine Brust und wartete ab. Kaum setzte die Krise ein, begann er vor und zurück zu schwanken. Mit dem Besen folgte ich seinem Schaukeln, denn es war ja nicht vorauszusehen, wann er aufs Gesicht fallen würde. Doch wenn es soweit war, war ich da, fing ihn mit dem Besen ab und ließ ihn, so vorsichtig ich konnte, auf den Boden nieder.

Aber so sehr ich mich bemühte, nie landete er wirklich sanft, und fast jedesmal trug sein Gesicht Hautabschürfungen, Beulen oder blaue Flecken davon. Lag er dann von Krämpfen geschüttelt auf dem Boden, goß ich einen Eimer Wasser über ihn.

Ich weiß nicht, ob in einem solchen Fall kaltes Wasser das Richtige war, aber so wurde es eben im Erie-County-Zuchthaus gehandhabt. Das war das einzige, was überhaupt jemand für ihn tat.

Eine Stunde blieb er dann üblicherweise patschnaß am Boden liegen, bis er die Kraft fand, sich auf seine Pritsche zu schleppen. Ich wußte, daß es keinen Sinn hatte, zu einem Wärter um Hilfe zu laufen. Was war ein Epileptiker denn schon?

In der nächsten Zelle saß ein merkwürdiger Bursche. Er hatte zwei Monate bekommen, weil er sich den Bauch aus der Abfalltonne eines großen Zirkus vollgeschlagen hatte, wie er sagte. Er war arg wirr im Kopf, aber — zumindest anfangs — recht ruhig und friedlich. Der Grund, den er für seine Verurteilung gegeben hatte, stimmte tatsächlich. Er hatte sich zwischen den Zirkuswagen umgesehen und war dabei auf die Riesenabfalltonne mit Speiseresten vom Tisch der Artisten gestoßen. Und weil er großen Hunger gehabt hatte, hatte er sich daraus bedient.

»Es war ein *prima* Brot«, versicherte er mir immer wieder. »Und das Fleisch erst!«

Ein Polizist hatte ihn bei seinem üppigen Mahl ertappt, und so saß er nun hier.

Einmal kam ich mit einem Stück dünnen, festen Draht in der Hand an seiner Zelle vorbei. Er sah den Draht und bettelte mich darum an. Ich gab ihm den Draht durch das Gitter. Sofort und ohne anderes Werkzeug als seine Finger brach er ihn in kurze, gleich lange Stücke und bog sie zu einem halben Dutzend recht brauchbarer Sicherheitsnadeln zurecht. Die Spitzen schliff er auf dem Steinboden zu.

Von da an betrieb ich einen schwunghaften Handel mit Sicherheitsnadeln. Ich besorgte das Rohmaterial und brachte die fertige Ware an den Mann, und er übernahm die Herstellung. Als Lohn bekam er extra Brotrationen und hin und wieder ein Stück Fleisch oder einen Markknochen.

Aber das Gefängnisleben brachte ihn um seinen Verstand. Er, der zuvor so friedlich gewesen war, wurde gewalttätig, und das von Tag zu Tag mehr. Den Hallenmännern machte es Spaß, ihn auf den Arm zu nehmen. Sie machten ihm weis, daß ihm jemand ein riesiges Vermögen hinterlassen hätte. Nur um sich dieses Vermögens bemächtigen zu können, hätte man ihn verhaftet und eingesperrt. Wie er doch selbst wüßte, gab es kein Gesetz, das das Essen aus einer Abfalltonne verbot. Er war also zu Unrecht verurteilt worden. Und das verdankte er diesem Komplott gegen ihn.

Ich erfuhr erst davon, als ich die Hallenmänner über den Bären lachen hörte, den sie ihm aufgebunden hatten. Kurz danach rief der Mann mich beim Vorübergehen zu sich. In einem ernsten Gespräch, in dem er mir von seinen Millionen erzählte und dem Komplott, sie ihm wegzunehmen, übertrug er mir, als seinem Detektiv, den Fall.

Ich tat mein Bestes, um ihn vorsichtig wieder auf die Erde zurückzubringen, und erklärte ihm, daß nicht er, sondern ein Mann gleichen Namens der rechtmäßige Erbe sei. Er war bereits wieder einigermaßen vernünftig, als ich ihn verließ. Aber ich konnte ihm die anderen Hallenmänner nicht fernhalten, und sie trieben weiter ihren üblen Scherz mit ihm.

Schließlich kam es zu einer sehr heftigen Szene. Er entzog mir seinen Auftrag und beendete so meine kurze Karriere als Privatdetektiv. Außerdem trat er in Streik und setzte so auch meinem Handel mit Sicherheitsnadeln ein Ende. Statt weitere Nadeln zu biegen, bewarf er mich durch das Gitter mit dem Rohmaterial, wenn ich vorbeiging.

Es kam zu keiner Versöhnung mehr mit ihm, denn die anderen Hallenmänner erzählten ihm, ich arbeite als Detektiv im Auftrag der Verschwörer. Mit ihren Geschichten machten sie ihn ganz verrückt. Das fiktive Komplott, das eingebildete Unrecht, das man ihm antat, war zu viel für seinen verwirrten Verstand, und er wurde schließlich zum gemeingefährlichen Irren. Die Wärter weigerten sich, sich seine Geschichte von den gestohlenen

Millionen anzuhören, und er beschuldigte sie, an dem Komplott beteiligt zu sein.

Eines Tages warf er einem von ihnen den heißen Tee nach. Daraufhin kam es zu einer Untersuchung. Der Direktor unterhielt sich eine Weile mit ihm durch die Gitterstäbe, und kurz darauf wurde er zu den Ärzten gebracht. Er kehrte nicht zurück. Ich habe mich oft gefragt, ob er tot ist oder ob er in irgendeinem Irrenhaus immer noch von seinen Millionen erzählt.

Endlich kam der große Tag meiner Entlassung. Der Dritte Hallenmann wurde zur gleichen Zeit auf freien Fuß gesetzt, und die Frau, die nur eine kurze Haftstrafe zu verbüßen gehabt hatte und die ich durch meine Briefe für ihn gewonnen hatte, wartete vor dem Tor auf ihn. Ich sah sie händchenhaltend glücklich davon ziehen.

Mein Kumpel und ich spazierten Seite an Seite nach Buffalo. Sollten wir beide denn von nun an nicht immer beisammenbleiben?

Wir bettelten an diesem Tag auf der Hauptstraße, und das bißchen, was wir zusammenbrachten, gaben wir für Bier aus — ein Glaskrug voll für drei Cent. Und die ganze Zeit wartete ich auf eine Gelegenheit, mich davonzustehlen. Von einem Landstreicher erfuhr ich, ohne daß mein Kumpel darauf aufmerksam wurde, wann ein Güterzug abfuhr. Darauf stimmte ich meine Pläne ab.

Als der Augenblick der Trennung kam, saßen wir in einer Kneipe. Zwei Krüge mit schäumendem Bier standen vor uns. Ich hätte mich gern von meinem Kumpel verabschiedet, denn er war immer anständig zu mir gewesen. Aber ich wagte es nicht.

Ich verließ die Kneipe durch die Hintertür, kletterte über die niedrige Mauer und schaffte es gerade rechtzeitig zu den Bahnanlagen.

Wenige Minuten später saß ich schon im Wagen eines südwärts fahrenden Güterzugs der New York-Pennsylvania-Eisenbahn.

FLÜCHTIGE BEKANNTSCHAFTEN

Im Lauf meiner Vagabundenzeit begegnete ich Hunderten von Landstreichern, mit denen ich einen Gruß oder ein paar Worte wechselte, wenn wir an den Wasserstationen zusammenkamen, oder beim schnellen Wäschewaschen an einem Bach, beim Eintopfkochen irgendwo, beim Betteln auf der Straße oder in den Häusern, oder beim Warten auf einen Zug — Tramps, die ich flüchtig sah und dann nie wieder.

Doch es gab auch viele, denen ich mit erstaunlicher Regelmäßigkeit begegnete, und wiederum andere, die wie Geister, unsichtbar und nie zu sehen, vorüberzogen.

Einen von diesen letzteren verfolgte ich quer durch Kanada, über fast fünftausend Eisenbahnkilometer, und nicht einmal bekam ich ihn zu Gesicht.

Sein »Monica« war Skysegel-Jack. Zum erstenmal stieß ich in Montreal darauf. Mit einem Taschenmesser war, perfekt ausgeführt, das Skysegel eines Schiffes eingeschnitten. Darunter stand *Skysegel-Jack,* und darüber *n. W. 15. 10. 94.* Das hieß, daß er auf dem Weg nach Westen am 15. Oktober 1894 durch Montreal gekommen war. Er war mir demnach einen Tag voraus. Mein Monica war damals Seemann-Jack. Ich kritzelte ihn neben seinem ein, ebenfalls mit Datum und Richtung, die auch für mich *n. W.* war.

Die nächsten hundertfünfzig Kilometer hatte ich Pech. Erst acht Tage später stieß ich wieder auf Skysegel-Jacks Spur, und zwar hundertfünfzig Kilometer westlich von Ottawa. Dort war sein Monica in einen Wasserbehälter geritzt. Aus dem Datum ersah ich, daß auch er nicht sehr viel schneller weitergekommen war als ich. Er hatte nur zwei Tage Vorsprung. Ich war ein »Komet« und »Vollbluttramp«, genau wie er, und mein Stolz und Ruf verlangten, daß ich ihn einholte.

Tag und Nacht »eisenbahnte« ich. Ich überholte ihn, und dann wieder überholte er mich. Manchmal war er mir einen

Ich verließ die Kneipe durch die Hintertür, kletterte über die niedrige Mauer und schaffte es gerade rechtzeitig zu den Bahnanlagen. (Seite 105)

Tag voraus, manchmal ich ihm. Von Tramps, die ostwärts unterwegs waren, hörte ich hin und wieder von ihm, wenn er gerade voraus war, und von ihnen erfuhr ich, daß er sich für Seemann-Jack zu interessieren begonnen hatte und er sich nach mir erkundigte.

Ich bin sicher, wir hätten ein großartiges Paar abgegeben, wenn wir je zusammengekommen wären, aber es ging uns wie zwei Königskindern, die auch konnten zusammen nicht kommen. Ich behielt meinen Vorsprung durch ganz Manitoba, dafür war er mir durch Alberta voraus. Und eines bitterkalten grauen Morgens erfuhr ich an einer Ausweichstation etwas östlich von Kicking-Horse-Paß, daß er am Abend zuvor zwischen diesem und dem Rogers-Paß gesehen worden sei. Diese Information erhielt ich auf recht merkwürdige Weise.

Ich war die ganze Nacht in einem »Pullman-mit-Seitentüren«, also einem Güterwagen, gefahren. Halb erfroren kroch ich an der Ausweichstation heraus, um mir etwas zu essen zu erbetteln. Schwaden eisigen Nebels trieben über den Boden dahin. Ich haute die Heizer im Lokomotivschuppen um eine Kleinigkeit an. Sie waren großzügig und überließen mir die Reste aus ihren Blechnäpfen und einen ganzen Liter himmlichen »Javas« — das ist echter Bohnenkaffee. Ich wärmte ihn mir auf, und als ich mich zu meinem lukullischen Frühstück niedersetzte, kam ein Güterzug aus dem Westen an.

Ich sah, wie die Tür eines Güterwagens einen Spalt zurückglitt und ein »Schienenjungmann« herauskletterte. Durch den wallenden Nebel humpelte er zu mir. Er war steif vor Kälte und die Zähne hinter den blauen Lippen klapperten. Ich teilte meinen Java und die reichlichen Reste mit ihm.

Von ihm hörte ich von Skysegel-Jack, und auch von sich selbst erzählte er. Genau wie ich stammte er aus Oakland, Kalifornien, und er gehörte zur bekannten Boo-Gang — einer Bande, der auch ich mich gelegentlich angeschlossen hatte.

Wir unterhielten uns angeregt und ließen uns in der halben Stunde, die uns blieb, das Frühstück schmecken. Dann fuhr mein Güterzug ab, und ich folgte, immer westwärts, den Spuren von Skysegel-Jack.

Zwischen den Pässen kam ich nur stockend voran. Zwei Tage bekam ich überhaupt nichts in den Magen, und am dritten Tag mußte ich erst einen 18-Kilometer-Fußmarsch zurücklegen, ehe ich meinen Hunger einigermaßen stillen konnte.

Trotzdem gelang es mir, Skysegel-Jack am Fraser River in Britisch-Columbia zu überholen. Ich fuhr mit Expreßzügen und kam deshalb schnell voran. Aber offenbar ist auch er expreß gereist, und mit mehr Glück oder Geschick als ich, denn er gelangte vor mir in Mission an.

Mission war ein Eisenbahnknotenpunkt, gut sechzig Kilometer östlich von Vancouver. Von dort konnte man südwärts durch Washington und Oregon mit der Nordpazifik-Bahn kommen. Ich fragte mich, welchen Weg Skysegel-Jack nehmen würde, denn ich bildete mir ein, ihm voraus zu sein. Ich jedenfalls hatte vor, westwärts nach Vancouver zu trampen.

Ich machte mich zur Wasserstation auf, um meine Absicht dort schriftlich kundzutun, doch was fand ich hier, frisch eingeritzt, mit dem heutigen Datum — Skysegel-Jacks Monica! Ich eilte nach Vancouver weiter, aber er war schon an Bord gegangen, weiter unterwegs nach Westen auf seinem weltweiten Abenteuer, wie ich es sah.

Wahrhaftig, Skysegel-Jack, du warst ein Vollbluttramp, und dein Freund war der ruhelose Wind der Weite. Ich nehme den Hut vor dir ab. Du warst wirklich ein tüchtiger Bursche!

Eine Woche später bekam auch ich ein Schiff. Auf der Back des Dampfers *Umatilla* erarbeitete ich mir meine Passage küstenabwärts nach San Francisco.

Skysegel-Jack und Seemann-Jack — was wäre das gewesen, wenn wir je zusammengekommen wären!

Wasserbehälter waren so eine Art Informationszentrum für die Tramps. Nicht nur aus reinem Zeitvertreib oder zur Angabe schnitzten die Vagabunden ihre Monicas, das Datum und den Kurs in die Wasserbehälter. Wie oft und immer wieder fragten mich Landstreicher, ob ich nicht irgendwo den oder den »Stiff« oder zumindest seinen Monica gesehen hätte. Und tatsächlich konnte ich häufig antworten, daß ich gerade diesen Monica mit einem kürzlichen Datum an einem bestimmten Wasserbehälter bemerkt hatte, und ich konnte dem Auskunftheischenden die Richtung sagen, in die der Gesuchte unterwegs war. Und kaum hatten die Burschen die gewünschte Information, machten sie sich auch schon auf den Weg, hinter ihrem Freund her. Mir sind »Stiffs« begegnet, die auf der Suche nach einem Freund quer über den ganzen Kontinent trampten und wieder zurück, und nochmal von vorn anfingen.

»Monicas« sind die *nom-de-rails,* die Spitznamen, die Tramps sich selbst geben, oder die sie beibehalten, wenn andere sie so nennen. Schlotter-Joe, beispielsweise, war ein ängstlicher Bursche. Seinen Monica hatten andere ihm aufgehängt. Kein Tramp, der etwas auf sich hält, würde sich einen, in seinen Kreisen, unehrenhaften Namen zulegen. Wenige Vagabunden wollen sich an ihre Vergangenheit erinnern, in der sie sich zu arbeiten erniedrigt hatten. Deshalb sind auf Berufe bezogenen Monicas auch sehr selten, obgleich ich mich an einige erinnere, wie Gießer-Billy, Maler-Rotschopf, Chi-Spengler, Kesselbauer, Matrosen-Frank und Drucker-Jim. »Chi« (*Schei* ausgesprochen) ist übrigens das Kurzwort für »Chicago«.

Sehr gern wählen die Tramps dagegen ihre Monicas nach den Gegenden, von denen sie stammen. So gibt es z.B. New Yorker-Tommy, Pazifik-Slim, Buffalo-Smith, Canton-Tim, Pittsburg-Jack, Syracuse-Schein, Troy-Mickey, Kentuckey-Bill und Connecticut-Jimmy. »Schein« ist immer ein Neger. Seinen Spitznamen hat er vermutlich von seiner glänzenden Haut. Texas-Schein oder Toledo-Schein verraten also außer der örtlichen Herkunft auch die Rasse.

Unter jenen, die ihrem Monica ihre Rasse oder Nationalität einverleibten, kannte ich folgende: Frisco-Jude, New York-Ire, Michigan-Franzmann, Englisch-Jack, Cockney-Boy und Milwaukee-Holländer. Andere wählten ihre Monicas zum Teil nach ihrer Hautfarbe, wie: Chi-Bleichgesicht, New Jersey-Rothaut, Boston-Schwarzer, Seattle-Brauner, Gelbgesicht-Dick und Gelblings-Wanst. Letzterer war ein Kreole vom Mississippi, der sich den Namen bestimmt nicht selbst gegeben hatte.

Texaskönig, Glücksjoe, Kämpfer-Commors, Tabak-Bo, Tornado-Freddie und Spuren-McCall waren die phantasievolleren Monicas. Andere Tramps mit weniger Phantasie trugen Namen nach ihren Eigenschaften: Vancouver-Bohnenstange, Detroit-Knirps, Ohio-Dicker, Langer Jack, Großer Jim, Kleiner Joe, New York-Blinzler, Chi-Stumpfnase und Buckliger Ben.

Eine Kategorie für sich sind die »Schienenjungmänner«, an deren Monicas man gleich erkannte, daß sie es waren, weil die zweite Hälfte ihrer Monica fast immer »Kid« war, wie Bock-Kid- Blind-Kid, Liliput-Kid, Heilig-Kid, Fledermaus-Kid, Affen-Kid, Iowa-Kid, Kordsamt-Kid, Orator-Kid (der vermutlich eine große Klappe hatte) und Querkopf-Kid (mit dem die anderen es sicher nicht leicht hatten).

Vor etwa zwölf Jahren las ich auf dem Wasserbehälter bei San Marcial in New Mexico folgende interessante Information für Landstreicher:

1. *Hauptstraße nicht schlecht*
2. *Bullen nicht schlimm*
3. *Lokomotivschuppen gut zum Nisten*
4. *Nordzüge nicht gut*
5. *Häuser nicht gut*
6. *Gasthäuser nur für Köche gut*
7. *Bahnhofswirtschaft nur für Nachtarbeit gut*

Nummer eins sagte aus, daß sich Betteln auf der Hauptstraße lohnt; zwei, daß die Polizei bei Landstreichern ein Auge zudrückt; drei, daß man im Lokomotivschuppen schlafen kann; vier dagegen kann entweder heißen, daß man sich in einem Zug nach Norden nicht erwischen lassen darf oder daß Betteln nicht viel einbringt. Nummer fünf wiederum sagt klar aus, daß Bettler in Privathäusern wenig Glück haben. Nummer sechs bedeutet, daß nur Landstreicher, die Köche gewesen sind oder sich aufs Kochen verstehen, in den Gasthäusern was kriegen. Bei sieben bin ich mir gar nicht sicher. Ich weiß nicht, soll es heißen, daß jeder Landstreicher dort des Nachts mit Erfolg betteln kann: oder daß nur Trampköche dort nachts betteln sollten; oder ob jeder Landstreicher, ob Koch oder nicht, nachts für eine Mahlzeit in der Bahnhofswirtschaft aushelfen kann.

Doch um zu den flüchtigen Trampbekanntschaften zurückzukommen: ich erinnere mich an einen Landstreicher, den ich in Kalifornien kennenlernte. Er war ein Schwede, doch er lebte schon so lange in den Vereinigten Staaten, daß man seine Nationalität nicht hätte erraten können, wenn er nicht darauf aufmerksam gemacht hätte. Tatsächlich war er schon als Baby in die U.S.A. gekommen. Ich traf ihn zum erstenmal in dem Gebirgsstädtchen Truckee.

»Wohin, Kumpel?« war unser gleichzeitiger Gruß. Und »nach Osten« die Antwort eines jeden. Eine ganze Menge »Stiffs« wollten in dieser Nacht mit dem Überland mitkommen. In dem Durcheinander verlor ich den Schweden aus den Augen, und mit dem Zug kam ich auch nicht mit.

Ich gelangte in Reno, Nevada, in einem Güterwagen an, der prompt auf ein Nebengleis abgeschoben wurde. Es war Sonntagmorgen, und nachdem ich mich erfolgreich um ein Frühstück bemüht hatte, spazierte ich zum Paiute-Lager, um den Indianern beim Glücksspiel zuzusehen. Und da stand der Schwede, ungemein interessiert.

Natürlich taten wir uns gleich zusammen. Er war mein einziger Bekannter in dieser Gegend, und ich seiner. Wir stürmten aufeinander los wie zwei der Einsamkeit überdrüssige Einsiedler und blieben den ganzen Tag beisammen. Gemeinsam erbettelten wir uns das Mittagessen, und am frühen Abend versuchten wir den gleichen Güterzug zu nehmen. Aber er wurde »abgehängt« und ich mußte Reno ohne ihn verlassen, wurde dann aber selbst etwa dreißig Kilometer weiter, in der Wüste, aus dem Zug komplimentiert.

Von allen trostlosen Öden war der Flecken, wo man mich ausgesetzt hatte, wohl der trostloseste. Es gab nur ein Bahnwärterhäuschen mitten im Sand, trockene Beifußsträucher und Mesquitebüsche. Ein kalter Wind blies, die Nacht war nah, und der einsame Eisenbahner, der hier arbeitete und hauste, hatte Angst vor mir. Ich wußte, daß ich weder mit etwas zu essen noch mit einem Nachtquartier rechnen konnte.

Weil er sich ganz offensichtlich vor mir fürchtete, glaubte ich ihm nicht, als er mir versicherte, daß nach Osten fahrende Züge nie hier hielten. Wie sollte ich auch, da ich ja selbst erst vor fünf Minuten, obschon unfreiwillig, aus einem gestiegen war? Er sagte, der hätte nur aufgrund einer Anweisung hier gehalten. Er sagte auch, daß es nur etwa zwanzig Kilometer nach Wadsworth sei, und ich sollte lieber zusehen, daß ich dort hinkam.

Ich zog es jedoch vor zu warten, und so hatte ich das zweifelhafte Vergnügen, zwei westwärts und einen ostwärts fahrenden Güterzug an mir vorübersausen zu sehen. Ich fragte mich, ob sich vielleicht der Schwede auf letzterem befand.

Jedenfalls blieb mir nichts übrig, als nach Wadsworth zu marschieren, was ich zur großen Erleichterung des Eisenbahners auch tat, ohne ihm vorher sein Holzhäuschen anzuzünden und ihn zu ermorden. Er hatte also guten Grund, mir dankbar zu sein.

Nach etwa zehn Kilometern mußte ich vom Bahnkörper

herunter, um den nach Osten dampfenden Überland vorbeizulassen. Er war ziemlich schnell, aber mir war, als sähe ich auf dem ersten Blinden jemanden, der ganz wie der Schwede ausschaute.

Jedenfalls sollten viele strapaziöse Tage vergehen, ehe ich ihn wiedersah. Ich kam in ziemliche Höhen bei diesen Hunderten von Kilometern über die Nevada-Wüste. Des Nachts fuhr ich mit dem Überlandexpreß, um schneller voranzukommen, und tagsüber mit Güterzügen, wo ich den versäumten Schlaf nachholte.

Es war früh im Jahr und ordentlich kalt im Hochland. Da und dort lag noch Schnee im Flachland, während die Berge ganz in Weiß gehüllt waren und des Nachts der ungemütlichste Wind von ihnen blies, den man sich vorstellen kann. Es war keinesfalls — zumindest in dieser Jahreszeit — eine Gegend, die zum Verbleiben lockte. Und, was nicht vergessen werden darf, der Tramp zieht auch durch ein solches Land ohne nächtliche Bleibe und ohne Geld, er muß sich durchbetteln und des Nachts ohne Decke schlafen. Letzteres kann man nur mitempfinden, wenn man es selbst durchgemacht hat.

An einem frühen Abend kam ich zum Bahnhof von Ogden. Der Union Pacifik würde in Kürze nach Osten abfahren, und ich wollte unbedingt mit. In dem Gleisgewirr vor der Lokomotive stieß ich auf eine Gestalt, die durch die Dämmerung schlurfte. Es war der Schwede! Wir zerquetschten uns fast die Hände, wie Brüder, die sich eine Ewigkeit nicht mehr gesehen hatten, und stellten bei dieser Gelegenheit fest, daß wir beide Handschuhe trugen.

»Wo hast du die denn her?« fragte ich ihn.

»Aus einer Lokomotive«, antwortete er stolz. »Und du deine?«

»Von einem Heizer, der nicht gut genug drauf aufgepaßt hat«, erklärte ich.

Wir schafften es auf den Blinden, als der Union Pacific abfuhr. Es war bitterkalt. Die Strecke führte durch eine enge Schlucht zwischen den schneebedeckten Bergen. Wir zitterten vor Kälte, doch das hielt uns nicht davon ab, unsere Geschichten auszutauschen, wie wir von Reno nach Ogden gekommen waren.

Ich hatte die vergangene Nacht höchstens eine Stunde meine Augen schließen können, aber der Blinde war zu unbequem und ungemütlich für ein Schläfchen. An einer Haltestelle schlich ich mich nach vorn. Der Zug hatte zwei Lokomotiven, um die Steigung zu schaffen.

Ich wußte, daß der Schutzvorbau der vordersten Maschine durch den Luftwiderstand zu kalt sein würde, also wählte ich den der zweiten, der ja durch die vordere Lokomotive abgeschirmt war. Ich kletterte auf den »Kuhfänger« und mußte feststellen, daß er bereits belegt war.

In der Dunkelheit ertastete ich einen halbwüchsigen Jungen, der fest schlief. Ich rollte ihn auf die Seite und fand so ebenfalls noch Platz, dicht an ihn gedrängt. Es war eine »gute« Nacht, die Bremser kümmerten sich nicht um uns, und ich war im Handumdrehen eingeschlafen.

Hin und wieder weckten mich sprühende Funken oder ein heftiger Ruck, dann kuschelte ich mich wärmesuchend noch dichter an den Jungen und schlief zur Begleitung des Schnaufens der Lokomotive und dem Rattern der Räder schnell wieder ein.

Der Union Pacific erreichte Evanston, Wyoming, und kam nicht mehr weiter. Ein Unfall auf der Strecke blockierte den Bahnkörper. Der tote Lokomotivführer war nach Evanston geschafft worden. Seine Leiche bewies, wie gefährlich die Strecke war. Auch ein Tramp war bei dem Unfall umgekommen, aber ihn hatte man nicht hierhergebracht.

Der Junge war natürlich inzwischen aufgewacht, und ich unterhielt mich mit ihm. Er war dreizehn, wie er sagte. Er war von zu Hause, irgendwo in Oregon, davongelaufen und wollte in den Osten zu seiner Großmutter. Er erzählte, wie er mißhandelt worden war, und ich glaubte es ihm. Er hätte ja auch keinen Grund gehabt, einen namenlosen

Tramp zu belügen, den er nur kurz und dann nie wieder sehen würde.

Und der Junge hatte einen Dampf drauf. Er konnte gar nicht schnell genug weiterkommen. Als der Bahnhofsvorsteher beschlossen hatte, den Union Pacific ein Stück zurück über eine Nebenstrecke der Oregon Linie zur anderen Seite des entgleisten Zuges zu leiten, kletterte der Junge wieder auf den Kuhfänger und erklärte, er würde bei diesem Zug bleiben.

Das war zuviel für den Schweden und mich, denn es bedeutete, den Rest dieser eisig kalten Nacht durchzufahren, nur um ein paar Dutzend Kilometer weiterzukommen. Wir sagten, wir würden bleiben, bis die Strecke wieder frei sei, und uns inzwischen richtig ausschlafen.

Nun ist es aber wahrhaftig kein Kinderspiel, um Mitternacht, ohne Geld, bei klirrender Kälte, in einer fremden Stadt, einen Platz zum Schlafen zu finden. Der Schwede hatte nicht einen Penny, und mein ganzes Vermögen bestand aus zwei 10-Cent-Stücken und einer 5-Cent-Münze. Von ein paar Burschen, die angeheitert nach Hause schwankten, erfuhren wir, daß ein Bier hier fünf Cent kostete und die Kneipen die ganze Nacht offen waren. Na, wenn das nicht das Richtige für uns war! Zwei Glas Bier würden uns zehn Cent kosten, in der Kneipe gab es einen Ofen und Stühle, auf denen wir schließlich auch sitzend schlafen konnten.

Raschen Schrittes steuerten wir auf ein hellbeleuchtetes Lokal zu. Der Schnee knirschte unter unseren Sohlen, und der eisige Wind drang uns durch Haut und Knochen.

Aber, o je, ich hatte die einheimischen Burschen mißverstanden. Nur in einer einzigen Kneipe in der ganzen Stadt gab es Bier um fünf Cent, nicht aber in der, die wir betraten, die jedoch ansonsten recht annehmbar aussah. In einem fast weißglühenden Kanonenofen prasselte ein wärmendes Feuer, und es gab bequeme Korbsessel — was wollten wir mehr?

Bloß der Schankwirt paßte für unseren Geschmack nicht

hierher. Er musterte uns mit sichtlichem Argwohn, gleich als wir eintraten. Natürlich kann man nicht tipptopp aussehen, wenn man Tag und Nacht in den gleichen Kleidern steckt und damit in Güterwagen und auf Plattformen schläft, wo Funken und Ruß der Lokomotive einen nicht verschonen. Unser Äußeres sprach zweifellos gegen uns, aber was machte das schon? Ich hatte ja Geld in der Hosentasche und nicht die Absicht, hier zu schnorren.

»Zwei Bier«, wandte ich mich gleichmütig an den Wirt, und während er das erste Glas unter den Zapfhahn stellte, lehnten der Schwede und ich uns an die Theke, obwohl wir uns heimlich nach den bequemen Korbsesseln beim Ofen sehnten.

Wir schauten zu, wie der Wirt die zwei Gläser füllte. Dann schob er sie uns über die Theke zu. Stolz schob ich dafür ein 10-Cent-Stück zu ihm. Er schaute es nur verächtlich an. Sobald ich zu hören bekam, daß ich mich im Preis geirrt hatte, wollte ich in die Tasche greifen und die zweite Dime herausfischen. Na und wenn mir dann auch nur noch fünf Cent blieben. Ja, ich hätte schon für das Bier bezahlt. Aber dieser Wirt gab mir nicht einmal eine Chance.

Kaum hatte er die 10-Cent-Münze gesehen und sie mit einem mißfälligen Blick bedacht, packte er die beiden überschäumenden Gläser, mit jeder Hand eines, und schüttete das Bier in das Spülbecken hinter der Theke. Gleichzeitig funkelte er uns böse an und sagte: »Ihr habt die Krätze auf der Nase! Ihr habt die Krätze auf der Nase! Ihr habt die Krätze auf der Nase!«

Ich wußte, daß ich keine Krätze hatte, und der Schwede hatte sie auch nicht. Unsere Nasen waren völlig in Ordnung. Der direkte Sinn seiner Worte ging an uns verloren, aber der indirekte war unmißverständlich: unser Aussehen gefiel ihm nicht, und Bier kostete hier offenbar zehn Cent das Glas.

Ich brachte mein zweites 10-Cent-Stück zum Vorschein und legte es zum anderen auf die Theke. Scheinbar gleichmütig sagte ich: »Oh, ich dachte, ein Bier kostet einen

Nickel.« Ein Nickel ist ein 5-Cent-Stück, eine Dime ein 10-Cent-Stück.

»Wir nehmen euer Geld hier nicht«, erklärte der Wirt hämisch und schob die beiden Münzen zu mir zurück.

Bedrückt steckte ich sie wieder in die Tasche. Bedrückt warfen wir einen sehnsuchtsvollen Blick auf den bullernden Ofen und die Korbsessel davor. Bedrückt stapften wir hinaus in die Frostnacht.

Ehe wir die Tür hinter uns schlossen, rief der Wirt uns noch nach: »Ihr habt die Krätze auf der Nase, verstanden!«

Ich habe seither viel von der Welt gesehen, bin durch fremde Länder gereist, habe Land und Leute kennengelernt, habe viele Bücher gelesen und viele Vorlesungen und Vorträge gehört, aber bis heute weiß ich noch nicht — obwohl ich oft und lange darüber nachgegrübelt habe —, was diese kryptische Äußerung des Schankwirts in Evanston, Wyoming bedeutete. Unseren Nasen fehlte wirklich nichts.

Wir schliefen in jener Nacht in einem Elektrizitätswerk. Wie wir diesen »Nistplatz« entdeckten, weiß ich nicht mehr. Wir müssen instinktiv geradewegs darauf zugelaufen sein, so wie ein Pferd zum Wasser oder eine Brieftaube zum heimischen Schlag zurückfindet.

Aber es war keine sehr vergnügliche Nacht; eine, an die ich mich nicht gern erinnere. Ein Dutzend andere Tramps hatten schon vor uns dort hingefunden. Sie lagen auf den Dampfkesseln, und es war viel zu heiß für uns alle. Was die Sache noch verschlimmerte, war die Tatsache, daß der Techniker, der Nachtdienst hatte, nicht zuließ, daß wir es uns unten bequem machten oder auch bloß dort herumstanden. Er gab uns nur die Wahl zwischen den Kesseln oder dem Schnee draußen.

»Du hast gesagt, du willst schlafen, also, verflucht, dann schlaf auch«, knurrte er mich an, als ich durchgeschwitzt und von der Hitze völlig mitgenommen in den Heizraum hinunterkam.

»Wasser!« keuchte ich und wischte mir den Schweiß aus den Augen. »Wasser!«

Er deutete auf die Tür und versicherte mir, daß irgendwo dort draußen in der Finsternis der Fluß zu finden sei.

Ich machte mich tatsächlich auf den Weg zum Fluß, verirrte mich in der Dunkelheit, fiel in zwei oder drei Schneewehen und gab es schließlich auf. Halberfroren kehrte ich zu meinem erhabenen Platz auf einem Dampfkessel zurück.

Als ich aufgetaut war, war mein Durst schlimmer als zuvor. Rings um mich stöhnten die Tramps, ächzten, krächzten, keuchten, japsten, hechelten, wälzten sich unruhig herum und schlugen in ihren Alpträumen vom Höllenfeuer um sich. Tatsächlich waren wir nicht viel anders als arme Seelen, die auf einem Rost in der Hölle gebraten wurden, und der Techniker war der Oberteufel, Satan höchstpersönlich, der uns keine andere Wahl bot, als in der sibirischen Kälte zu erfrieren.

Der Schwede setzte sich auf und verwünschte wortreich die Wanderlust des Menschen, die ihn auf die Walz schickte und deretwegen er solch Ungemach erleiden mußte.

»Wenn ich nach Chicago zurückkomme«, schloß er feierlich, »such' ich mir einen Job und bleib' solange, bis ich das hier vergessen hab'. Dann erst geh' ich wieder trampen.«

Die Ironie des Schicksals wollte es, daß wir am nächsten Tag, als die Strecke wieder frei war, in einem der Kühlwagen eines Orangentransports — ein schneller Sonderzug mit Orangen aus dem sonnigen Kalifornien — mitfuhren. Zwar waren die Behälter nicht mit Eis gefüllt, weil das bei den Außentemperaturen nicht nötig war, aber das machte sie auch nicht wärmer für uns. Wir stiegen durch die Luken im Wagendach ein. Die Eisbehälter waren aus verzinktem Eisen, das bei dieser beißenden Kälte recht unangenehm zum Anfassen war.

Schnatternd und bibbernd lagen wir da und beratschlagten uns. Schließlich beschlossen wir, Tag und Nacht zu bleiben, wo wir waren, bis wir von dieser ungastlichen Hochebene hinunter ins Tal des Mississippi kamen.

Was natürlich nicht hieß, daß wir nichts zu essen brauchten. Also wollten wir an der nächsten Ausweichstation nur schnell ein paar Bissen erbetteln und dann sofort zu unserem Kühlwagen zurückeilen.

Wir kamen in Green River spät am Nachmittag an, aber noch zu früh fürs Abendessen. Vor den Mahlzeiten ist es immer am schwierigsten, etwas zu essen zu ergattern, aber wir wollten es trotzdem versuchen.

Als der Zug einfuhr, kletterten wir die Seitenleitern hinunter und sprinteten zu den Häusern. Wir trennten uns sogleich, hatten jedoch vereinbart, uns im Kühlwagen wieder zu treffen.

Anfangs hatte ich kein Glück, doch schließlich bekam ich ein paar »Freßpakete« zusammen. Ich schob sie unter das Hemd und raste zum Zug zurück, der den Bahnhof bereits verlassen und ein ordentliches Tempo aufgenommen hatte. »Unser« Kühlwagen war bereits vorbei, aber etwa sechs Wagen dahinter konnte ich mich auf eine Seitenleiter schwingen. Hastig kletterte ich sie hoch und ließ mich durch die Luke in den Kühlwagen fallen.

Mein Pech war es, daß ein Bremser mich von seinem Häuschen aus dabei beobachtet hatte. An der nächsten Haltestelle, Rock Springs, streckte der Bremser seinen Kopf in meinen Eiskasten und brüllte: »Raus mit dir, du Sohn einer Kröte! Marsch, raus!«

Dann packte er mich auch noch an den Fußgelenken und zerrte mich hinaus. Ich landete höchst unsanft auf dem Kies, und der Orangensonderzug rollte mit dem Schweden ohne mich weiter.

Es fing zu schneien an. Eine kalte Nacht stand bevor. Nach Einbruch der Dunkelheit schaute ich mich auf den Abstellgleisen um, bis ich einen leeren Kühlwagen fand. Hastig kletterte ich hinein, kroch diesmal jedoch nicht in den Eisbehälter, sondern blieb draußen im Wagen. Ich schloß die schweren Türen, deren Gummidichtung den

Wagen luftdicht verschloß. Die Wände waren dick. Unmöglich konnte die Kälte von außen herein. Dumm war nur, daß es innen nicht wärmer war.

Die Frage war jetzt: wie konnte ich es mir ein bißchen wärmer machen? Aber so ein richtiger Vollbluttramp weiß sich auch in so einem Fall zu helfen. In meinenTaschen hatte ich drei oder vier Zeitungen verstaut. Ich verbrannte sie eine nach der anderen am Boden des Wagens. Der Rauch stieg zur Wagendecke hoch. Nicht ein bißchen Wärme konnte entfliehen, und ich verbrachte geradezu wohlig warm eine angenehme Nacht. Nicht ein einziges Mal wachte ich auf.

Am Morgen schneite es noch. Während ich mein Frühstück erbettelte, versäumte ich einen ostwärts fahrenden Güterzug. Später gelang es mir, auf einen anderen aufzuspringen, doch ich wurde »abgehängt«. Und dann passierte mir, ebenfalls an diesem gleichen Tag, dasselbe noch einmal.

Den ganzen Nachmittag kam kein einziger Zug nach Osten durch. Inzwischen schneite es noch stärker. In der Abenddämmerung konnte ich dann auf den ersten Blinden des Überlandzugs aufspringen. Und während ich von einer Seite des Trittbretts hochstieg, kletterte jemand gleichzeitig auf der anderen hoch. Es war der dreizehnjährige Junge aus Oregon, der von daheim fortgelaufen war.

Aber auf dem ersten Blinden in einem heftigen Schneesturm zu fahren, ist kein Vergnügen. Der Wind schneidet durch einen hindurch, fängt sich an der Vorderseite des Wagens und prallt wieder zurück.

Bei der ersten Haltestelle, es war inzwischen schon dunkel, rannte ich nach vorn und sprach mit dem Heizer. Ich erbot mich, bis zu seiner Endstation, das war Rawlins, Kohlen für ihn zu schippen. Er nahm mein Angebot an. Ich hatte draußen auf dem Tender, im Schnee, die Kohlenbrocken mit einem Vorschlaghammer zu zerstückeln und sie zu ihm zur Lokomotive zu schaufeln. Aber da ich nicht die ganze Zeit zu arbeiten brauchte, konnte ich mich immer wieder eine Zeitlang in der Lokomotive aufwärmen.

»Hör zu«, sagte ich zu ihm während meiner ersten Verschnaufpause. »Auf dem ersten Blinden ist ein Junge, fast noch ein Kind. Ihn friert ganz schön.«

Der Führerstand der Union-Pacific-Lokomotiven ist sehr geräumig. Wir brachten den Jungen in einer warmen Ecke vor dem hohen Heizersitz unter, wo er sofort einschlief.

Um Mitternacht kamen wir in Rawlins an. Hier sollte unsere Maschine ihre wohlverdiente Ruhe im Lokomotivschuppen bekommen, während eine frische sich mit dem Expreß weiterplagen durfte.

Als der Zug hielt, sprang ich von der Lokomotive hinunter, geradewegs einem Mann in dickem Mantel in die Arme. Er fing an, mir Fragen zu stellen, woraufhin ich prompt zu wissen begehrte, wer er denn eigentlich sei. Nicht weniger prompt teilte er mir mit, daß er der Sheriff wäre. Sofort entschärfte ich meinen Ton, lauschte und antwortete.

Er beschrieb mir den Jungen, der noch im Führerstand schlief. Meine Gedanken überschlugen sich. Offenbar ließ seine Familie das Bürschchen suchen, und der Sheriff war telegrafisch von Oregon unterrichtet worden.

»Ja«, sagte ich, »ich habe den Bengel gesehen.« Ich berichtete dem Sheriff, daß mir der Junge in Ogden zum erstenmal über den Weg gelaufen war. Das Datum stimmte mit des Sheriffs Information überein. Aber das Bürschchen befände sich noch irgendwo auf der Strecke hierher, erklärte ich. Denn er wäre von diesem Zug in der Nacht abgehängt worden, als er von Rock Springs abfuhr.

Und die ganze Zeit betete ich insgeheim, der Junge würde um Himmels willen nur ja nicht jetzt aufwachen und aus der Lokomotive klettern, denn sonst wäre ich geliefert.

Der Sheriff gab sich mit meiner Antwort zufrieden und machte sich auf, mit den Bremsern zu reden. Doch ehe er davonstapfte, sagte er noch: »Freundchen, diese Stadt ist nicht das Richtige für dich, kapiert? Du siehst zu, daß du mit diesem Zug weiterkommst! Falls ich dich hier erwische, wenn er fort ist . . .«

Es war nicht notwendig, daß er den Satz zu Ende führte. Ich versicherte ihm sogleich, daß ich keineswegs die Absicht hätte, mich hier umzusehen, und nur deshalb überhaupt hier war, weil der Zug hier angehalten hatte. So schnell würde ich mich mit ihm verziehen, daß er mich vor lauter Dampf gar nicht sähe.

Während der Sheriff sich an die Befragung der Bremser machte, stieg ich schnell wieder in den Führerstand. Der Junge war aufgewacht und rieb sich die Augen. Ich erzählte ihm, was ich erfahren hatte, und riet ihm, mit der Lokomotive in den Schuppen zu fahren und sich auf der frischen zu verkriechen.

Um es kurz zu machen: der Junge fuhr, wieder auf dem Kuhfänger, mit dem gleichen Zug weiter, mit meiner Anweisung, an der nächsten Haltestelle den Heizer zu bitten, ihn im Führerstand mitfahren zu lassen.

Ich selbst wurde abgehängt. Der neue Heizer war noch sehr jung und unerfahren und hatte Angst, sich über die Vorschriften der Eisenbahngesellschaft hinwegzusetzen, nach denen Tramps nicht in der Lokomotive mitgenommen werden durften. Infolgedessen schlug er mein Angebot aus, auch für ihn Kohlen zu schaufeln. Ich hoffe, der Junge hatte mehr Glück bei ihm, denn die ganze Nacht bei diesem Schneesturm auf dem Kuhfänger zu liegen, mochte der Tod sein.

Ich muß gestehen, ich kann mich einfach nicht mehr erinnern, wie es dazu kam, daß ich in Rawlins abgehängt wurde. Ich weiß noch, daß ich dem Zug nachschaute, der sofort vom Schneesturm verschluckt wurde, und ich mich auf den Weg zum nächsten Saloon machte, um mich aufzuwärmen. Dort war Licht und es war angenehm geheizt, dazu herrschte reger Betrieb. Die Pharo- und Roulettetische waren dicht besetzt, und an vielen anderen wurde gewürfelt und Poker gespielt, und ein paar Cowboys, die der Hafer stach, taten ihr Bestes, ihr schwerverdientes Geld in einer Nacht an den Mann oder die Frau zu bringen.

Es war mir gerade gelungen, mich bei ihnen anzubiedern, und ich goß mein erstes Bier auf ihre Rechnung hinunter, als sich eine schwere Hand auf meine Schulter legte. Ich drehte mich um und seufzte. Es war der Sheriff.

Wortlos führte er mich hinaus in den Schnee.

»An der Station steht ein Orangenzug«, sagte er.

Ich murmelte: »Es ist eine verdammt kalte Nacht.«

»Er fährt in zehn Minuten ab«, fuhr er fort, ohne auf meinen Einspruch einzugehen.

Das war alles. Es wäre zwecklos gewesen, weitere Worte an ihn zu verschwenden.

Als der Orangenzug dahinratterte, saß ich in einem der Kühlwagen. Ich glaubte, mir würden die Füße erfrieren, ehe der Morgen dämmerte, und die letzten dreißig Kilometer vor Laramie stand ich aufrecht am Einstieg und hüpfte von einem Fuß auf den anderen. Das Schneetreiben war zu stark, als daß die Bremser mich hätten sehen können, aber in dem Augenblick wäre es mir auch völlig egal gewesen.

Für meine fünfundzwanzig Cent erstand ich mir in Laramie ein heißes Frühstück, und unmittelbar danach glückte es mir, auf den Blinden eines Überlands zu springen, der zum Paß durch den Rücken der Rocky Mountains hochkroch.

Normalerweise darf man sich ja tagsüber nicht auf einen Blinden wagen, aber bei diesem Blizzard auf den Rockies bezweifelte ich, daß die Bremser so herzlos sein würden, mich abzuhängen. Und sie taten es auch tatsächlich nicht. Im Gegenteil, bei jeder Haltestelle schauten sie geradezu besorgt nach, ob ich noch nicht erfroren sei.

Am Ames' Monument, auf dem Kamm der Rockies — die Höhe habe ich vergessen —, sorgten sich die Bremser zum letztenmal um mich. Einer kam zu mir nach vorn und sagte:

Es war mir gerade gelungen, mich bei ihnen anzubiedern, und ich goß mein erstes Bier auf ihre Rechnung hinunter, als sich eine schwere Hand auf meine Schulter legte. (Seite 124)

»Schau mal dort hinüber, Kumpel. Siehst du den Güterzug auf dem Ausweichgleis?«

Ich sah ihn. Er stand auf dem nächsten Gleis, keine zwei Meter entfernt. Doch nur um Stückchen weiter, und ich hätte ihn in dem Schneesturm nicht mehr sehen können.

»In einem der Wagen ist die Nachhut von Kellys Armee. Sie haben einen halben Meter Stroh unter sich, und es sind so viele von ihnen, daß es richtig warm drin ist.«

Sein Rat war gut, und ich richtete mich danach, war jedoch bereit, wieder auf den Blinden aufzuspringen, sobald der Zug anfuhr, falls der Bremser mich nur hereinlegen wollte.

Aber das lag nicht in seiner Absicht, wie ich feststellte. Ich fand den Wagen. Es war ein großer Kühlwagen, dessen Tür an der windabgekehrten Seite zum Lüften weit offenstand. Schon kletterte ich hoch und hinein. Ich stieg auf das Bein eines Liegenden und gleich darauf auf den Arm eines anderen. Die Beleuchtung war schlecht, und so konnte ich nichts als ein scheinbar unentwirrbares Durcheinander von Armen, Beinen und Leibern sehen.

So etwas war mir auch noch nie untergekommen. Sie lagen alle im Stroh: neben- und quer und auf- und untereinander. Vierundachtzig stämmige Tramps nehmen viel Platz ein, wenn sie ausgestreckt sind.

Den Männern, auf die ich ungewollt stieg, gefiel das gar nicht. Ihre Leiber hoben sich unter mir wie die Wogen des Meeres und beförderten mich dadurch unwillkürlich vorwärts. Nirgends war auch nur ein Fleckchen offenen Strohes zu sehen, und so war ich gezwungen, auf weitere Männer zu steigen. Auch ihnen gefiel das nicht, und ich wurde noch weiter vorwärts getragen. Kein Wunder, daß ich dadurch den Halt verlor und mich gegen meinen Willen niedersetzte. Ausgerechnet auf den Kopf eines Tramps.

Im nächsten Moment stützte er sich wütend auf Händen und Knien auf, und ich flog durch die Luft. Was hochkommt, muß aber auch wieder hinunter, und ich landete unsanft auf einem weiteren Kopf.

Was dann passierte, habe ich nur dunkel in Erinnerung. Mir war, als wäre ich in eine Dreschmaschine geraten. Wie ein Ball wurde ich hin und her geworfen, von einem Ende des Wagens zum anderen. Die vierundachtzig Landstreicher trieben ihr Spielchen mit mir, bis sie mich völlig durchgeschüttelt hatten und ich wie durch ein Wunder ein Plätzchen im Stroh fand.

Damit war ich in dieser recht ausgelassenen Brüderschaft aufgenommen. Den Rest des Tages fuhren wir durch den Blizzard. Um uns die Zeit zu vertreiben, wurde beschlosssen, daß jeder eine Geschichte erzählte. Bedingung war, daß sie gut war und noch niemand hier sie zuvor gehört hatte. Wer dagegen verstieß, sollte in die Dreschmaschine genommen werden, aber dazu kam es nicht.

Ich muß sagen, nie sonst in meinem Leben habe ich eine so wundervolle Erzählorgie mitgemacht. Hier waren vierundachtzig Mann aus aller Welt — fünfundachtzig mit mir —, und jeder erzählte eine meisterliche Geschichte, denn es mußte ja ein Meisterwerk sein, wollte man nicht in die Dreschmaschine genommen werden.

Am späten Nachmittag kamen wir in Cheyenne an. Der Schneesturm schien seinen Höhepunkt erreicht zu haben, und obgleich keiner von uns seit dem Frühstück mehr etwas in den Magen bekommen hatte, war keiner bereit, sich die Füße zu vertreten, um sich etwas zum Abendessen zu erbetteln.

Die ganze Nacht fuhren wir durch den Blizzard, und am nächsten Tag kamen wir unten auf den heiß ersehnten Ebenen Nebraskas an und waren immer noch auf Achse.

Schneesturm und Berge lagen hinter uns. Die Sonne lächelte auf ein freundliches Land hinab, und wir hatten seit vierundzwanzig Stunden nichts mehr gegessen. Wir erfuhren, daß der Zug gegen Mittag in einer Stadt Station machen würde, die, wenn ich mich recht erinnere, Grand Island hieß.

Wir legten, was wir hatten, zusammen und schickten ein Telegramm an die Verwaltung dieser Stadt. Der Inhalt dieser Depesche besagte, daß fünfundachtzig gesunde, ausgehungerte Tramps mittags in der Stadt ankommen würden und es keine schlechte Idee wäre, ein Mittagessen für sie bereit zu haben.

Die Obrigkeit von Grand Island hatte zwei Möglichkeiten offen: sie konnte uns verköstigen oder uns in den Knast werfen. In letzterem Fall müßte sie uns aber auch verpflegen. Die Stadtväter waren so weise zu erkennen, daß eine Mahlzeit sie billiger käme.

Als der Güterzug mittags nach Grand Island hineinrollte, saßen wir auf den Wagendächern in der Sonne und ließen unsere Beine am Rand hinunterbaumeln.

Die gesamte Polizei der Stadt war unser Empfangskomitee. In wohlgeordneten Trupps ließen sie uns zu den verschiedenen Gasthäusern marschieren, wo bereits der Tisch für uns gedeckt war. Wir hatten fast dreißig Stunden lang nichts mehr in den Magen bekommen, und man brauchte uns nicht zum Essen zu ermuntern.

Als wir satt waren, marschierten wir wieder, unter Polizeiaufsicht, zum Bahnhof zurück. Die Obrigkeit hatte einen leichten Druck ausgeübt und so dafür gesorgt, daß der Zug auf uns wartete. Er fuhr an, und wir fünfundachtzig, die wir uns entlang des Bahnkörpers aufgestellt hatten, schwärmten die Seitenleitern hoch und »eroberten« den Zug.

Abendessen gab es keines — das heißt, zumindest nicht für die Allgemeinheit, für mich schon. Zur Abendbrotzeit, als der Zug gerade eine kleine Station verließ, kletterte ein Mann in den Wagen, wo ich mit drei anderen »Stiffs« Karten spielte. Das Hemd des Mannes war verdächtig ausgebeult, und in der Hand hielt er eine alte, große Blechdose, aus der Dampf aufstieg. Ich roch »Java«.

Ich übergab mein Blatt einem der Kiebitze und entschuldigte mich bei meinen Mitspielern.

Verfolgt von neidischen Blicken, ließ ich mich am anderen Wagenende mit dem Neuankömmling nieder, der seinen Kaffee mit mir teilte und die Freßpakete, die sein

Hemd so aufgebauscht gehabt hatten. Der Mann war — der Schwede!

Um zweiundzwanzig Uhr kamen wir in Omaha an.

»Machen wir uns selbständig«, schlug der Schwede mir vor.

»Sowieso«, brummte ich.

Als der Güterzug am Bahnhof einfuhr, waren wir aufbruchbereit. Aber die Bürger von Omaha waren leider auch bereit. Der Schwede und ich hingen an den Seitenleitern, um abzuspringen. Doch der Zug hielt nicht an. Und das war nicht alles: zu beiden Seiten der Schienen standen lange Reihen von Polizisten, deren Messingknöpfe und Sterne im Schein des elektrischen Lichts glitzerten.

Der Schwede und ich wußten, was mit uns passieren würde, wenn wir in ihre Arme fielen. Also blieben wir auf unseren Seitenleitern, und der Zug ratterte weiter über die Missouribrücke nach Council Bluffs.

»General« Kelly lag mit seiner Armee von zweitausend Tramps im Chautauquapark, mehrere Kilometer entfernt. Der Trupp, dem ich mich am Ames' Monument angeschlossen hatte, war General Kellys Nachhut. Er verließ — und wir mit ihm — in Council Bluffs den Zug und machte sich auf den Marsch zum Lager.

Die Nacht war kalt, dazu waren Wind und Regen aufgekommen. Die Kälte drang uns durch Mark und Knochen und der Regen bis auf die Haut. Eine Polizeieskorte sorgte dafür, daß der Trupp schnell vorankam, während wir auf eine Gelegenheit warteten, uns aus dem Staub zu machen — was uns schließlich auch glückte.

Es goß jetzt wie aus Eimern, und in der Dunkelheit konnten wir die Hand vor den Augen nicht sehen. Wie Blinde tasteten wir uns nach einem Unterschlupf. Der Instinkt half uns, denn schon bald stolperten wir geradezu über einen Saloon. Nun war es kein geöffneter Saloon, in dem es hoch herging, auch keiner, der nur für die Nacht geschlossen war, ja nicht einmal einer mit fester Adresse, sondern einer, der auf einem primitiven Transportgestell aufgebockt war, um von einem Ort zum anderen befördert zu werden.

Die Tür war verschlossen, aber da Wind und Regen auf uns einpeitschten, überlegten wir nicht lange. Wir brachen sie auf.

Ich bin mit Nachtquartieren wahrhaftig nicht verwöhnt. Ich habe auf Parkbänken und unter Brücken in großen Städten genächtigt, wo die Hölle los war; ich schlief in Pfützen und im Schnee, mit nur zwei dünnen Wolldecken, während das Thermometer sechzig Grad Celsius unter Null anzeigte. Aber eine schlimmere Schlafstätte als in diesem umziehenden Saloon bei Council Bluffs, und eine schrecklichere Nacht als dabei, habe ich nie gehabt.

Erstens einmal hatte dieser Bau, aufgebockt wie er war, unzählige Spalten und Löcher im Boden, durch die der Wind pfiff. Zweitens war die Bar leer. Nicht eine Flasche mit Feuerwasser, das uns wärmen und unser Elend hätte vergessen lassen können, war irgendwo zu finden. Wir hatten keine Decken und waren bis auf die Haut naß.

So versuchten wir zu schlafen. Ich legte mich unter die Bar, und der Schwede sich unter einen Tisch. Aber bei dieser Kälte, die durch die Löcher und Spalten im Boden drang, war es unmöglich einzuschlafen.

Nach einer halben Stunde kletterte ich auf die Bar, und eine kurze Weile später der Schwede auf seinen Tisch.

Dort bibberten wir in unserem nassen Zeug und klapperten mit den Zähnen, und wünschten uns den Morgen herbei.

Ich weiß, ich zitterte, bis ich nicht mehr zittern konnte, bis meine zitternden Muskeln so erschöpft waren, daß sie nur noch schrecklich schmerzten. Der Schwede ächzte und stöhnte und immer wieder murmelte er mit schnatternden Zähnen: »Nie wieder, nie wieder.« Und das murmelte er immer wieder, unablässig, tausendmal, selbst als er eingenickt war, murmelte er es noch im Schlaf.

Im ersten Morgengrauen verließen wir dieses Haus des Martyriums und traten hinaus in dichten, klammen Nebel. Wir stolperten dahin, bis wir zum Bahnkörper kamen. Ich wollte zurück nach Omaha, um mir ein Frühstück zu erbetteln, und der Schwede wollte weiter nach Chicago.

Der Abschied war gekommen. Unsere zitternden Hände umklammerten einander. Wir waren steif vor Kälte. Als wir etwas sagen wollten, klapperten die Zähne so stark, daß wir kein Wort herausbrachten. Ganz allein standen wir da, abgeschlossen von der Welt. Alles, was wir sehen konnten, war ein kurzes Stück Schienenstrang, ringsum vom Nebel eingehüllt.

Stumm blickten wir einander an und schüttelten uns nur heftig die Hände. Das Gesicht des Schweden war blau vor Kälte, und meines sicher ebenfalls.

Ich erinnerte mich, was er in der Nacht ständig gemurmelt hatte. »Nie wieder, was?« Nur mühsam brachte ich die Worte heraus.

Auch der Schwede plagte sich. Und dann schwach und fern, ein dünnes Wispern aus dem Grund seiner vor Kälte erstarrten Seele, hörte ich: »Nie wieder trampen.«

Er hielt inne, und als er fortfuhr, wurde seine Stimme, dank seines Willens, immer fester.

»Nein, nie wieder trampen. Ich such' mir eine Arbeit, feste Arbeit. Das solltest du auch. Von Nächten wie der vergangenen bekommt man Rheuma.«

Noch einmal, ehe er sie losließ, schüttelten wir uns mit festem Druck die Hände.

»Leb wohl, Kumpel«, sagte er.

»Leb wohl, Kumpel«, erwiderte ich.

Im nächsten Augenblick hatte der Nebel uns verschlungen. Es war unser endgültiger Abschied. Ich bin dem Schweden nie wieder begegnet. Auf dein Wohl, Schwede, wo immer du auch sein magst. Ich hoffe, du hast die gewünschte Arbeit gefunden!

VAGABUNDENNACHWUCHS

Hin und wieder stoße ich in Zeitungen, Zeitschriften und Nachschlagewerken auf meine kürzere oder längere Biographie und erfahre daraus, sehr taktvoll formuliert, daß ich um des Studiums der Soziologie willen Tramp wurde. Das ist zwar sehr freundlich und rücksichtsvoll von den Verfassern, stimmt jedoch nicht. Ich wurde Tramp — nun ja, weil es in mir steckte, weil die Wanderlust mir keine Ruhe ließ. Das Studium der Soziologie war ein Begleitumstand, es kam hinterher, auf die gleiche Weise wie nasse Haut, nachdem man ins Wasser getaucht ist.

Ich wurde zum Eisenbahntramp, weil mir das nötige Kleingeld für die Fahrkarte fehlte; weil ich es nicht lange an einem Fleck aushielt; weil ich mich nicht mein Leben lang auf einem »ausgefahrenen Gleis« bewegen wollte; weil — nun, weil es einfach war, es zu werden, als es nicht zu werden.

Es begann mit sechzehn in Oakland, wo ich zu Hause war. Ich hatte damals einen beachtlichen Ruf in dem ausgesuchten Kreis von Abenteurern, unter denen ich als König der Austernpiraten bekannt war. Ich muß gestehen, daß andere, unmittelbar außerhalb dieses illustren Kreises — wie die ehrbaren Seeleute der Bucht, die Hafenarbeiter, die Leute von den Jachten und die rechtmäßigen Besitzer der Austern — andere Namen für mich hatten, z.B. Rowdy, Spitzbube, Halunke, Dieb, Räuber und weitere wenig schmeichelhafte, die wir jedoch als Kompliment empfanden und die nur noch dazu beitrugen, meinen Ruf zu erhöhen.

Damals kannte ich Miltons »Das verlorene Paradies« noch nicht, und als ich später sein »Lieber Herrscher in der Hölle, denn Sklave im Himmel« las, war ich fest überzeugt, daß große Geister in den gleichen Bahnen denken.

Zu dieser Zeit war es, daß eine zufällige Verkettung von Umständen mich mein erstes Abenteuer am Schienenstrang erleben ließ.

Mit dem Austernfang war es gerade nichts; in Benicia, etwa fünfundsechzig Kilometer entfernt, hatte ich ein paar Decken, die ich mir holen wollte; in Port Costa, unweit von Benicia, lag ein gestohlenes Boot im Gewahrsam des dortigen Konstablers vor Anker.

Dieses Boot gehörte Dinny McCrea, einem meiner Freunde. Whisky-Bob, ein weiterer meiner Freunde, hatte es gestohlen und bei Port Costa zurückgelassen. (Armer Whisky-Bob! Letzten Winter wurde seine von vielen Kugeln durchlöcherte Leiche am Strand aufgefischt. Wer ihn umgebracht hat, weiß man nicht.)

Ich war vor einiger Zeit von flußaufwärts gekommen und hatte Dinny McCrea berichtet, wo sein Boot war. Woraufhin Dinny McCrea mir sofort zehn Dollar angeboten hatte, wenn ich es ihm nach Oakland bringen würde.

Ich litt unter Langeweile, und so setzte ich mich an den Kai und besprach die Sache mit Griechen-Nicky, einem augenblicklich ebenfalls arbeitslosen Austernpiraten.

»Fahren wir«, sagte ich, und Nicky war einverstanden. Er war pleite, aber ich besaß fünfzig Cent und ein kleines Boot. Ersteres legte ich in Kräcker, Corned beef und einem großen 10-Cent-Glas französischen Senf an (wir waren damals ganz wild auf französischen Senf) und lud es in letzteres.

Am Spätnachmittag setzten wir unser kleines Sprietsegel und brachen auf. Wir segelten die ganze Nacht hindurch, und am nächsten Morgen kamen wir mit der Flut und frischem Achterwind die Carquinez Straits nach Port Costa hochgebraust.

Dort lag das gestohlene Boot keine acht Meter vom Kai entfernt. Wir gingen längsseits und bargen unser kleines Segel. Dann schickte ich Nicky nach vorn, um den Anker zu lichten, während ich mich daran machte, die Zeisinge aufzumachen.

Der Mann kam auf den Kai herausgerannt und fuchtelte mit den Armen. Es war der Konstabler. Plötzlich fiel mir ein, daß ich mir keine schriftliche Vollmacht von Dinny

McCrea hatte geben lassen. Außerdem wußte ich, daß der Konstabler eine Gebühr von fünfundzwanzig Dollar haben wollte, weil er das gestohlene Boot wiederbeschafft und in Verwahrung genommen hatte.

Meine letzten fünfzig Cent waren für das Corned beef und den Senf draufgegangen, und außerdem würde ich von Dinny McCrea nur zehn Dollar bekommen. Ich warf einen Blick auf Nicky. Er hatte den Anker schon halb hoch und plagte sich damit ab.

»Beeil dich!« flüsterte ich ihm zu und drehte mich um, um dem Konstabler etwas zuzurufen. Aber der brüllte inzwischen, und so brüllte ich auch. Wir brüllten gleichzeitig aufeinander ein, und so verstand keiner, was der andere sagte.

Des Konstablers Miene und Stimme wurde immer drohender, und ich sah mich gezwungen, den Mund zu halten und ihm zuzuhören. Nicky zog mit solcher Kraft am Anker, daß ich schon Angst hatte, die Adern würden ihm platzen.

Als der Konstabler mit seinen Drohungen und Warnungen endlich fertig war, fragte ich ihn, wer er denn überhaupt sei. Die Zeit, die er brauchte, es mir klarzumachen, ermöglichte es Nicky, den Anker über Bord zu hieven.

In meinem Kopf überschlugen sich die Gedanken. Direkt vor den Füßen des Konstablers führte eine Eisenleiter ins Wasser. An dieser Leiter war ein Ruderboot vertäut. Die Ruder lagen im Boot, aber an der Vertäuung war ein Vorhängeschloß. Darauf setzte ich meine ganze Hoffnung.

Ich spürte die Brise an meiner Wange, sah die Flut allmählich zurückrollen, und blickte auf die restlichen Zeisinge, die das Segel noch hielten. Dann wanderte mein Blick das Takelwerk hoch. Alles war klar, und ich war entschlossen.

»Los!« brüllte ich Nicky zu, während ich zu den Zeisingen sprang. Als ich sie löste, dankte ich dem Schöpfer, daß

Whisky-Bob einfache und keine Kreuzknoten gemacht hatte.

Der Konstabler war die Leiter hinuntergeklettert und fummelte jetzt mit einem Schlüssel am Vorhangschloß herum.

Der Anker war an Bord, und das letzte Zeising kam im gleichen Augenblick frei, als der Konstabler das Vorhangschloß abgenommen hatte und nach den Rudern griff.

»Piekfall!« befahl ich meiner Mannschaft, während ich mich des Klaufalls annahm. Hoch kam das Segel. Ich machte fest und rannte achtern zur Ruderpinne.

»Leg aus!« brüllte ich Nicky in der Piek zu. Der Konstabler erreichte unser Heck. Da kam ein Windstoß, und wir brausten dahin. Es war prächtig! Hätte ich eine schwarze Flagge gehabt, ich hätte sie gehißt. Der Konstabler stand in seinem Boot auf und fluchte. Die Pracht des Tages verblaßte vor der Farbigkeit seiner Verwünschungen. Außerdem heulte er nach einem Schießeisen. Sie sehen, das war noch ein Risiko, das wir eingegangen waren.

Aber wir stahlen das Boot nicht. Es gehörte dem Konstabler ja nicht. Wir brachten ihn lediglich um die fünfundzwanzig Dollar, die er hatte erheben wollen, also um seine kleine Nebeneinnahme. Und das wiederum kam unserem Freund Dinny McCrea zugute.

Wir brauchten nur wenige Minuten bis nach Benicia, und in weiteren Minuten waren meine Decken an Bord. Ich brachte das Boot ganz ans Ende des Dampfschiffkais, von wo aus wir sehen konnten, ob jemand hinter uns her war. Man konnte ja nie wissen. Vielleicht hatte der Konstabler von Port Costa den in Benison angerufen.

Nicky und ich hielten Kriegsrat. Wir lagen auf dem Deck in der warmen Sonne, mit der frischen Brise um unsere Wangen, während die Flutwellen gegen die Hülle plätscherten. Vor Eintritt der Ebbe am Nachmittag war es unmöglich, uns auf den Rückweg nach Oakland zu machen. Aber wir nahmen an, daß der Konstabler bei Beginn der Ebbe die Carquinez Straits im Auge behalten würde, und dann konnten wir nichts anderes tun, als auf die nächste Ebbe um zwei Uhr nachts zu warten, um uns in der Dunkelheit an dem Zerberus vorbeistehlen zu können.

Also blieben wir auf dem Deck liegen und freuten uns unseres Lebens. Ich spuckte über die Reling und schätzte die Geschwindigkeit der Strömung ab.

»Bei dem Wind kämen wir mit dieser Flut bis nach Rio Vista«, meinte ich.

»Und auf dem Fluß ist Obstschiffzeit«, sagte Nicky fast sehnsüchtig.

»Und der Fluß hat Niedrigwasser«, spann ich das Garn fort. »Es ist die beste Jahreszeit für eine Fahrt nach Sacramento.«

Wir setzten uns auf und schauten einander an. Der berauschende Westwind war Wein für uns. Wir spuckten beide über die Reling und maßen die Strömung. Ich würde sagen, daß an allem die brauchbare Strömung und der günstige Wind schuld waren. Sie sprachen unseren Seemannsinstinkt an. Ohne sie wäre die Kette der Ereignisse gebrochen, die mich zum Schienenstrang trieben.

Ohne ein Wort warfen wir die Leinen los und hißten die Segel. Unsere Abenteuer auf dem Sacramento würden ein eigenes Kapitel füllen, aber sie gehören nicht hierher. Jedenfalls erreichten wir die Stadt Sacramento und legten am Kai an.

Das Wasser war herrlich, was gab es da Schöneres als Schwimmen? Damit verbrachten wir die meiste Zeit. An der Sandbank oberhalb der Eisenbahnbrücke schlossen wir uns einer Schar Jungen an, die sich dort vergnügten.

Zum Ausruhen, zwischen dem Herumtoben im Wasser, streckten wir uns auf der Sandbank aus und unterhielten uns. Die Jungs hier hatten eine ganz andere Sprache als die, mit denen ich mich zu Hause herumtrieb. Mit ihrem Jargon mußte ich erst mal zurechtkommen. Sie waren »Schienenjungmänner«, und mit jedem ihrer Worte zogen die Verlockungen des Tramplebens mich mehr in ihren Bann.

»Als ich drunten in Alabama war ...« fing ein Junge an.

»Ich bin mit dem C&A von Kansas City gekommen ...« ein anderer.

Ein dritter erklärte: »Auf dem C&A haben die Blinden kein Trittbrett.«

Fasziniert lag ich im Sand und hörte ihnen zu.

»Es war in so einer kleinen Stadt in Ohio, an der Lake-Shore-and-Michigan-South-Strecke«, sagte einer.

Bist du schon mal mit dem Wabash-Cannonball gefahren?« fragte einer.

»Nein, aber dafür mit dem White-Mail von Chicago«, antwortete ein anderer.

»Ihr könnt ja gar nicht mitreden!« sagte einer von oben herab. »Wartet erst einmal, bis ihr die Pennsylvania genommen habt, vierspurig, keine Wasserbehälter, tanken Wasser im Fahren — ihr könnt euch ja nicht vorstellen, wie schnell der ist!«

»Der Northern Pacific ist jetzt schlecht!«

»Salina ist auf der Strecke.«

»Die Bullen sind feindlich.«

»Mit Moke-Kid haben sie mich in El Paso geschnappt.«

»Weil wir von Freßpaketen reden — wartet, bis ihr in die Gegend um Montreal kommt, wo sie bloß Französisch reden und uns nicht verstehen, da seht mal zu, wie ihr was kriegt! Da hilft bloß, daß man möglichst elend ausschaut und die Hand auf den Bauch drückt. Dann geben sie einem, wenn man Glück hat, ein Stück Speck und trockenes Brot.«
Ich blieb im Sand sitzen und spitzte nur die Ohren.

Wie weit diese Burschen doch herumkamen! Und was sie alles erlebten! Im Vergleich mit ihrem Leben war meines als Austernpirat ja richtig langweilig!

Mit jedem Wort, das ich hörte, eröffnete sich mir eine neue Welt: eine Welt der Untergestelle, der »Blinden«, der »Pullmans mit Seitentüren«, der Bullen und Bremser, des »Sichhaltens« und »Abhängens«, des »Eingelassen-Werdens«, des Türmens und Geschnappt-Werdens, des »Stiffs« und Vollbluttramps und vieler anderer, geheimnisvoller Begriffe. Und alles zusammen bedeutete: Abenteuer.

Na gut. Ich würde mir diese neue Welt erschließen. Was diese Jungs konnten, konnte ich schon lange. Ich war kein Schwächling und zumindest genauso flink und gewandt wie sie und so mutig, und schnell schalten konnte ich auch.

Als es langsam Abend wurde, zogen die Jungs sich an und gingen in die Stadt. Ich schloß mich ihnen an. Auf der Hauptstraße hielten sie die Passanten um ein paar Cent an. Ich hatte noch nie in meinem Leben gebettelt, und Betteln war für mich in meiner ersten Zeit als Tramp das Schwierigste.

Ich hatte meine eigenen Vorstellungen vom Betteln gehabt. Nach meiner Philosophie bis dahin war Stehlen würdevoller als Betteln, und Rauben war noch erhebender als Stehlen, weil das Risiko und die Strafe, falls man gefaßt wurde, höher waren.

Als Austernpirat hatte ich mir schon soviel zuschulden kommen lassen, daß die Freiheitsstrafen, mit denen ich bei einer Verhaftung hätte rechnen müssen, insgesamt bestimmt tausend Jahre überschritten hätten.

Na ja, jedenfalls hielt ich bis zu jenem Tag Rauben für männlich und Betteln für niedrig und verachtenswert. Aber nachdem ich mit dieser Bande zusammengekommen war, änderte ich meine Meinung. Und mit der Zeit sah ich Betteln als herrlichen Spaß an, als ein Spiel, das mit Köpfchen betrieben werden mußte und bei dem man zeigen konnte, was in einem steckte.

Aber an diesem Abend konnte ich mich noch nicht dazu überwinden. Die Folge war, daß ich nicht mit in ein Gasthaus gehen konnte, als die Jungs das Geld für ihr Abendessen beisammen hatten, denn ich besaß nicht einen Cent mehr. Aber Meeny-Kid, ich glaube zumindest, daß er es war, lud mich ein, und ich durfte schließlich doch mit. Wir aßen alle zusammen. Während des Essens hing ich meinen Gedanken nach. Der Hehler ist schlimmer als der Stehler. An dieses Sprichwort erinnerte ich mich. Das ließ sich auch auf einen Bettler übertragen und den, der sein erbetteltes

Fasziniert lag ich im Sand und hörte ihnen zu. (Seite 137)

Gut annahm. Meeny-Kid hatte gebettelt, und ich profitierte davon. Das war nicht richtig. Das durfte kein zweites Mal mehr passieren, das schwor ich mir. Und es passierte auch nicht mehr. Am nächsten Tag bettelte ich nicht schlechter als die anderen.

Der Schienenstrang war nichts für Griechen-Nickys Geschmack. Sein Zauber ging an ihm verloren. Er hatte auch nicht viel Glück beim Betteln, und so stahl er sich eines schönen Abends als blinder Passagier an Bord eines Schleppers, der nach San Francisco fuhr.

Ich sah ihn übrigens erst vor einer Woche bei einem Ausscheidungskampf wieder. Er hat es zu etwas gebracht. Er saß auf einem Ehrenplatz am Ring. Er managt jetzt Boxer, und er ist sehr stolz darauf. In seinen Kreisen ist er ein großer Mann.

Schienenjungmann ist man erst, wenn man »über dem Berg« war, also sich bewährt hat. Das hörte ich in Sacramento immer wieder. Na schön, ich würde mir den Berg vornehmen, um dazuzugehören und mitreden zu können. Der »Berg« war in diesem Fall die Sierra Nevada.

Die ganze Gang wollte eine Spritztour über den Berg machen, und ich würde natürlich mitkommen. Es war Franzosen-Kids Feuertaufe. Er war gerade erst seiner Familie in San Francisco davongelaufen. Und jetzt war es an ihm und an mir, die Prüfung zu bestehen.

Nebenbei bemerkt, meinen alten Titel »König« führte ich jetzt nicht mehr. Ich hatte meinen Monica bekommen und war nun Seemanns-Kid. Später wurde ich dann zu Frisco-Kid, nachdem die Rocky Mountains zwischen mir und meinem Heimatstaat lagen.

Um zweiundzwanzig Uhr zwanzig fuhr der Central Pacific in Ostrichtung am Bahnhof von Sacramento ab. Das werde ich nie vergessen. Wir waren etwa ein Dutzend in unserer Gang, und wir standen in der Dunkelheit in einer weiten Reihe am Gleis. Alle Schienenjungmänner der Stadt, die von unserem Unternehmen gehört hatten, waren gekommen, um zu sehen, wie wir Neuen uns anstellten, und um uns »abzuhängen«, wenn sie es fertigbrachten. Das war ihre Vorstellung von Spaß, und sie waren ja auch nur vierzig, die sich damit amüsieren wollten.

Ihr Gangführer war einer der besten und erfahrensten Schienenjungmänner, Bob hieß er. Er war in Sacramento zwar zu Hause, trieb sich jedoch gewöhnlich in der ganzen Weltgeschichte herum.

Er nahm Franzosen-Kid und mich zur Seite und gab uns gute Ratschläge, die sich etwa so anhörten: »Wir werden versuchen, euch alle abzuhängen, kapiert? Ihr zwei seid schwach. Die anderen können auf sich selber aufpassen. Also hört mir zu: sobald ihr zwei auf einem Blinden seid, deckt ihn. Und bleibt an Deck, bis ihr an Roseville Junction vorbei seid. Dort sind die Bullen nämlich arg. Sie sperren jeden ein, den sie erwischen.«

Die Lokomotive pfiff, und der Überland fuhr an. Er hatte drei Blinde, also genug Platz für uns alle. Wir zwölf wären natürlich lieber unbemerkt aufgesprungen, aber unsere vierzig Freunde sorgten dafür, daß man auf uns auffällig werden mußte, was sie mit ihrem Gebrüll und den lauten Segenswünschen mit Leichtigkeit schafften.

Ich befolgte jedenfalls Bobs Rat und »deckte« sofort, was heißt, daß ich gleich von meinem Blinden auf das Dach des Postwagens kletterte. Dort streckte ich mich, heftig klopfenden Herzens, flach aus und lauschte auf den »Spaß«.

Durch den Krach der vierzig Jungmänner wußte das Zugpersonal natürlich sofort, was gespielt wurde. Die ganzen Eisenbahner waren nach vorn gekommen und eifrig damit beschäfigt, die Jungs »abzuhängen«. Der Zug fuhr nur etwa einen halben Kilometer, dann hielt er unfahrplanmäßig an, um den Bremsern und Schaffnern die Gelegenheit zu geben, auch noch den Rest der blinden Passagiere abzuhängen. Ich war der einzige, der sich »hielt«.

Nur wenige Meter außerhalb des Bahnhofs, mit zwei oder drei der Gang, die Zeugen des Unfalls gewesen waren, um ihn, lag Franzosen-Kid ohne seine Beine. Der arme Kerl war ausgerutscht oder gestolpert und unter die Räder gekommen, die über seine Waden rollten.

Das also war meine Initiation in den Bund der Schienenjungmänner.

Etwa zwei Jahre später sah ich Franzosen-Kid wieder und mußte seine »Stummeln« begutachten. Das gehörte ganz einfach zur Höflichkeit. »Krüppel« aus unseren Reihen waren regelrecht scharf drauf, daß man ihre Stümpfe bewunderte.

Mehr als einmal war ich Zeuge einer Begegnung zweier Eisenbahnkrüppel. Ihr Gesprächsstoff ist immer der gleiche. Sie erzählen sich ausführlichst, wie das Unglück geschah, sie beschreiben in Einzelheiten, was sie über ihre Amputationen wissen, lassen sich eingehend über die Ärzte aus, die sie behandelt haben, teilen sonstige Erfahrungen aus und geben einander gute Ratschläge. Und immer endet es damit, daß die beiden sich ein Stück zurückziehen, ihre Verbände oder was immer abnehmen und die Stümpfe vergleichen.

Aber erst mehrere Tage später, als die Gang mich in Nevada einholte, erfuhr ich von Franzosen-Kids Unfall. Die einzelnen Mitglieder der Gang befanden sich auch nicht gerade in bester Verfassung, denn ihr Zug war im Schnee entgleist. Die meisten hatten glücklicherweise nur Schürfwunden und Blutergüsse davongetragen, aber Happy-Joe humpelte mit zerquetschten Beinen auf Krücken.

Doch ich habe hier ein wenig vorausgegriffen. Ich lag also auf dem Dach des Postwagens und versuchte mich zu erinnern, ob Reseville Junction, vor der Bob mich gewarnt hatte, die erste oder zweite Station war. Um sicherzugehen, beschloß ich, erst nach der zweiten auf den Blinden hinunterzuklettern. Doch davon kam ich dann ganz ab. Ich war noch neu auf dem Schienenstrang und fühlte mich sicherer, wo ich war.

Aber ich erzählte der Gang nie, daß ich die ganze Nacht auf Deck blieb, quer über die Sierra, sogar in den Tunnels und im Schneetreiben. Erst in Truckee, auf der anderen

Seite, wo der Zug um sieben Uhr in der Frühe ankam, kletterte ich hinunter. Ich hätte mich ganz schön blamiert, wenn ich es erzählt hätte. Ausgelacht hätte man mich. Hier gestehe ich zum erstenmal, wie meine erste Fahrt »über den Berg« war.

Die Gang fand mich jedenfalls ganz in Ordnung, und als ich zurück durch die Sierra nach Sacramento kam, war ich bereits ein echter Schienenjungmann.

Doch ich hatte noch viel zu lernen. Bob war mein Lehrer, und er verstand seine Sache. Ich erinnere mich an einen Abend — in Sacramento war Jahrmarkt, den wir Jungs gründlich genossen —, als ich bei einer Rauferei meinen Hut verloren hatte. Ich stand also barhäuptig auf der Straße, und Bob kam mir zu Hilfe. Er nahm mich zur Seite und erklärte mir, was ich tun müßte. Sehr begeistert war ich von seinem Rat nicht, denn ich war gerade erst aus dem Kittchen gekommen, wo ich drei Tage hatte verbringen dürfen, und ich wußte, wenn mich die Polizei wieder schnappte, würde ich nicht so billig davonkommen.

Andererseits durfte ich mir mein Zögern nicht anmerken lassen. Ich war über dem Berg gewesen und jetzt vollwertiges Mitglied der Gang und mußte nun mit den Wölfen heulen. Also dankte ich Bob für seinen Rat, und er kam mit, um zu sehen, ob ich es auch richtig machte.

Wir bezogen unsere Stellung in der K-Street, an der Ecke der Fifth, glaube ich. Es war früh am Abend, und es herrschte reger Betrieb. Bob betrachtete fachmännisch den Hut eines jeden Chinesen, der vorbeikam. Ich hatte mich bisher immer gewundert, wie die Jungs alle zu ihren teuren 5-Dollar-Cowboyhüten gekommen waren. Jetzt wußte ich es. Auf die gleiche Weise nämlich, wie ich mir meinen besorgen sollte — von einem Chinesen.

Ich war nervös, es waren ja so viele Leute auf der Straße. Bob dagegen störte das überhaupt nicht, er hatte Nerven wie ein Drahtseil. Jedesmal, wenn ich mir heimlich Mut gemacht hatte und auf einen Chinesen los wollte, hielt Bob mich zurück.

Er wollte, daß ich einen wirklich guten Hut bekam, und einen, der mir auch in der Größe richtig paßte. Aber einmal kam ein Hut, zwar von der richtigen Größe, doch nicht neu. Ihm folgte ein Dutzend unmöglicher Hüte. Dann kam ein bildschöner neuer, doch viel zu groß für mich. Und kam dann tatsächlich mal einer von der richtigen Größe und neu noch dazu, dann war die Krempe zu breit oder nicht breit genug. Bob war ganz schön wählerisch. Und ich war inzwischen so weit, daß ich mir am liebsten den nächstbesten Hut geschnappt hätte.

Doch schließlich erschien *der* Hut, der einzige in ganz Sacramento, der meiner würdig war, wenn ich Bob glauben durfte. Ich dachte mir auch gleich, daß das Bobs Meinung sein würde, und blickte ihn an. Er schaute sich nach Polizei um, dann nickte er mir auffordernd zu.

Ich riß dem Chinesen den Hut vom Kopf und setzte ihn mir auf. Er saß wie maßgefertigt. Und schon rannte ich. Ich hörte einen Aufschrei Bobs und sah noch aus den Augenwinkeln, daß er dem ergrimmten Chinesen ein Bein stellte. Ich rannte, was ich konnte, bog um die nächste Ecke und um die danach. Die Straße, in die ich gelangt war, war weit weniger belegt als die K-Street. Ich hörte zu laufen auf, verschnaufte mich im Schlenderschritt und beglückwünschte mich zu meinem neuen Hut und meiner gelungenen Flucht.

Doch völlig unerwartet bog der barhäuptige Chinese um die Ecke hinter mir. Und er war nicht allein. Zwei weitere Chinesen liefen neben ihm, und dicht hinter ihnen noch ein paar Männer und Jungen.

Ich sprintete zu der Ecke voraus, überquerte die Straße und bog um die nächste Ecke. Ich bildete mir ein, ich hätte ihn jetzt ganz sicher abgeschüttelt. Von wegen! Dieser hartnäckige Asiat war mir immer noch auf den Fersen!

Es war die alte Geschichte vom Hasen und dem Igel. Er konnte zwar nicht so schnell laufen wie ich, aber er war immer da. In trügerischem Zuckeltrab trottete er hinter mir her und vergeudete viel kostbaren Atem mit lautstarken Verwünschungen. Ganz Sacramento rief er an, sich doch anzusehen, welche Schmach man ihm angetan hatte. Und tatsächlich sah es ganz so aus, als hätte halb Sacramento ihn gehört und folge seiner Aufforderung, denn ganze Menschenmassen scharten sich um ihn.

Weiter rannte ich, wie der sagenhafte Hase, und der ausdauernde Chinamann mit seiner wachsenden Anhängerschar hinter mir her. Als sich ihm schließlich auch noch ein Polizist anschloß, legte ich mich erst so richtig ins Zeug. Ich bog bald nach links, bald nach rechts ab, und ich möchte schwören, zumindest zwanzig Blocks wie der Wind geradeaus.

Den Chinesen sah ich glücklicherweise nie wieder. Und der Hut war eine Wucht! Ein nagelneuer Stetson, frisch aus dem Laden. Die ganze Gang beneidete mich um ihn. Außerdem war er der Beweis meiner Leistung und mein Statussymbol. Ich trug ihn über ein Jahr.

Schienenjungmänner sind nette Jungs — wenn man auf einen allein stößt, und in diesem Fall kann man auch recht gut mit ihnen auskommen. Aber man hüte sich, wenn sie als Gang auftreten, denn dann sind sie Wölfe, und wie Wölfe auch fähig, selbst den stärksten Mann fertigzumachen. Und sie sind keineswegs feige. Sie werfen sich auf einen und setzen jede Unze Kraft ihres drahtigen Körpers ein, ihn auf dem Boden zu zwingen und festzuhalten. Das habe ich mehr als einmal gesehen, und ich weiß, wovon ich spreche. Sie tun es gewöhnlich, um ihrem Opfer all das abzunehmen, was sie brauchen können. Und man hüte sich vor dem »starken Arm«. Jeder Junge der Gang, mit der ich mich herumtrieb, war wahrer Meister des »starken Arms«, selbst Franzosen-Kid, ehe er seine Beine verlor.

Nur zu gut erinnere ich mich noch, was ich einmal im »Weidengehölz« sah — so nannte man die paar Bäume auf einem freien Stück Land in Bahnhofsnähe, keine fünf Minuten zu Fuß von der Stadtmitte Sacramentos entfernt.

Es ist Nacht und nur die Sterne verleihen ein wenig Licht.

Ich sehe einen kräftigen Arbeiter umkreist von einer Meute Schienenjungmännern. Er ist wütend und verwünscht sie lautstark. Angst scheint er kein bißchen zu haben, dazu hat er viel zu viel Vertrauern auf seine überlegene Größe und Stärke. Er wiegt etwa fünfundachtzig Kilo, und seine Muskeln hätten einem Ringer Ehre gemacht. Aber er weiß nicht, was er sich hier einhandelt.

Die Jungs haben die Zähne gefletscht. Es ist kein schöner Anblick. Von allen Seiten stürmen sie jetzt auf ihn los. Er haut um sich und wirbelt herum. Barbier-Kid steht neben mir. Als der Mann herumwirbelt, springt Barbier-Kid vorwärts und zeigt, was er kann. Er stößt dem um ein Vieles Schwereren das Knie in den Rücken, legt ihm von hinten die Rechte um die Hand, daß der Handknöchel auf die Halsschlagader drückt, und wirft sich mit ganzer Kraft nach hinten. Das ist ein starker Hebelgriff, außerdem bekommt der Mann keine Luft mehr. Jetzt wissen Sie, warum man das »starker Arm« nennt.

Der Mann wehrt sich, aber er ist schon praktisch hilflos. Die Jungs haben ihn jetzt an den Armen, den Beinen, am ganzen Körper. Und wie ein Wolf an der Kehle eines Elches hängt Barbier-Kid an ihm und zieht ihn nach hinten.

Unter der wilden Meute geht der Mann zu Boden. Barbier-Kid ändert die Stellung, läßt jedoch nicht los.

Während einige der Jungs den Mann »durchsuchen«, halten andere seine Beine, damit er nicht herumschlagen und -treten kann, gleichzeitig nutzen sie die Chance, ihm die Schuhe auszuziehen.

Der Mann hat den Widerstand aufgegeben. Es bleibt ihm auch nichts anderes übrig, er ist unterlegen. Und mit dem starken Arm um den Hals kommt er kaum zu Atem. Er röchelt und würgt. Die Jungs beeilen sich. Sie wollen ja schließlich nicht, daß er ihnen unter den Fingern stirbt.

Sie haben, was sie wollen. Auf ein Wort lassen alle ihn gleichzeitig los und laufen in alle Richtungen davon. Einer hat die Schuhe — er weiß, wo er dafür einen halben Dollar bekommen kann.

Der Mann setzt sich auf und schaut sich benommen und hilflos um. Selbst wenn er die Bürschchen verfolgen wollte, wäre es in der Dunkelheit und barfuß aussichtslos.

Ich zögere noch und beobachte ihn. Er betastet seine Kehle, stößt ein paar krächzende, hüstelnde Töne aus und dreht ruckweise den Kopf, um sich zu vergewissern, ob auch nichts ausgerenkt ist.

Mehr Zeit nehme ich mir nicht. Unbemerkt ziehe ich mich zurück und schließe mich wieder der Gang an. Ich sehe den Mann nicht mehr, aber die Erinnerung an ihn und wie er so im Sternenlicht sitzt — benommen, verstört, zerrupft und den Kopf vorsichtig schüttelnd —, wird immer bleiben.

Betrunkene sind ein gefundenes Fressen für Schienenjungmänner. Wo immer mehrere von ihnen beisammen sind, halten sie nach Besoffenen Ausschau. Sie sind ihre häufigsten Opfer, wie Fliegen es von der Spinne sind.

Die Beraubung eines Betrunkenen kann recht erheiternd für den Zuschauer sein, je nach seinem Sinn für Humor und seiner Einstellung, natürlich. Ich meine freilich, bei solchen, die schon so besoffen sind, daß sie es kaum noch mitkriegen und sich auch nicht wehren, und in Fällen, wo nicht zu erwarten ist, daß jemand dazwischenkommt.

Als erstes bemächtigen die Jungs sich seiner Brieftasche, Uhr und Ringe, sofern er welche hat. Dann setzen sie sich um den gewöhnlich friedlich Schlummernden und sehen ihn sich näher an. Einem Jungmann gefällt die Krawatte des Mannes. Er nimmt sie sich. Ein anderer hätte gern frische Unterwäsche. Der Rest hilft ihm, den Betrunkenen davon zu befreien. Handelt es sich um Unterwäsche mit langen Ärmeln und Hosenbeinen, wird sie mit einem Messer auf die passende Größe zurechtgestutzt. Hose und Jacke oder Mantel sind fast immer zu groß. Aber Jungmänner sind großzügig, sie haben nichts dagegen, wenn ein netter Tramp in der Nähe sich bedient. Und wenn sie fertig sind, bleibt neben dem nackten Betrunkenen gewöhnlich ein Haufen abgelegter Lumpen liegen.

Noch ein Bild schiebt sich mir vors innere Auge. Es ist dunkle Nacht. Meine Gang schlendert den Bürgersteig eines Vororts entlang. Ein Stück voraus überquert ein Mann, im Schein der elektrischen Straßenlampe, die Straße. Sein Gang ist übervorsichtig, unsicher.

Die Jungs wittern leichte Beute. Der Mann ist zweifellos nicht nüchtern. Er stolpert am Randstein und taumelt über den Bürgersteig, ehe ihn die Nacht verschluckt, als er eine Abkürzung durch ein leeres Grundstück macht.

Auch ohne Halali stürmt die Gang hinter der schon so gut wie gestellten Beute her. Etwa in Grundstücksmitte holt sie sie ein. Doch was ist das? Drohend knurrende, nicht allzu große Schatten heben sich von der Dunkelheit zwischen Beute und Herbeistürmenden ab.

In der plötzlichen, feindlichen Stille stellt sich heraus, daß es ebenfalls eine Gang Jungmänner ist. Nach der ersten beidseitigen Überraschung erfahren wir, daß sie den Mann schon seit einem guten Dutzend Blocks verfolgt. Man macht uns unmißverständlich klar, daß wir hier unerwünscht sind, denn er gehört ihnen, wie sie sagen.

Aber hier herrscht das Gesetz des Dschungels. Diese Wölfe sind noch Welpen. (Ich glaube nicht, daß einer von ihnen älter als im Höchstfall dreizehn Jahre war. Einigen von ihnen begegnete ich später und erfuhr, daß sie gerade erst über den Berg gekommen waren und aus Denver und Salt Lake City stammten.)

Unsere Gang setzt zum Sturm an. Die Welpen kläffen und jaulen und kämpfen wie kleine Teufel. Rings um den Betrunkenen wütet die Schlacht, deren Siegestrophäe er ist. Und mit einemmal geht er zu Boden. Der Kampf tobt weiter, wie zwischen Griechen und Trojanern um Leiche und Rüstung eines gefallenen Helden.

Unter Gebrüll, Tränen und Wimmern ziehen die Welpen sich notgedrungen zurück, und meine Gang nimmt den Betrunkenen aus. Nie werde ich die Verblüffung des Mannes über den Ausbruch der Schlacht um ihn vergessen. Ich sehe ihn jetzt noch in der Dunkelheit vor mir, wie er schwankend, mit offenem Mund dasteht und schließlich gutmütig versucht, Frieden zu stiften, denn er ahnt in seinem Zustand überhaupt nicht, worum es geht. Und dann seine gekränkte Miene, als er, der völlig Harmlose, von vielen Händen gepackt und mitten in dem Gemenge zu Boden geworfen wird.

Auch »Bündel-Stiffs« nehmen die Schienenjungmänner sich gern vor. Ein »Bündel-Stiff« ist ein Tramp, der gelegentlich arbeitet. Seinen Namen hat er von der Deckenrolle, die er bei sich trägt und die in Landstreicherkreisen nur Bündel heißt. Eben weil er arbeitet, erwartet man, daß ein Bündel-Stiff ein wenig Kleingeld bei sich hat. Und darauf sind die Jungmannen aus.

Die besten Jagdgründe sind in einem solchen Fall in Schuppen, Scheunen, Holzlagern und das Bahngelände, besonders am Stadtrand. Und die beste Zeit für die Jagd ist des Nachts, wenn die Bündel-Stiffs sich an diesen Orten ein Fleckchen zum Schlafen gesucht und sich in ihre Decken gewickelt haben.

Auch Schienenneulinge sind häufig Opfer der Jungmänner. Bei ihnen handelt es sich um Männer, die erst als Erwachsene, oder zumindest fast erwachsen, zum Schienenstrang gekommen sind. Einen Jungmann, selbst wenn er noch so grün ist, würde man dagegen nie Neuling nennen, dieser Begriff steht nur Älteren zu. Schienenjungmänner bezeichnet man höchstens als »Punks«, und wenn ein Jungmann mit einem »Profi«, also einem Spitzen- oder Vollbluttramp, reist, wird er als »Prushun« eingestuft. Ich selbst war nie ein »Prushun«, dazu liebte ich meine Unabhängigkeit viel zu sehr. Ich fing als Schienenjungmann an und wurde bald zum Profi.

Eine kurze Zeit, während ich meinen Monica Frisco-Kid gegen Seemann-Jack austauschte, hielten manche mich für einen Schienenneuling. Aber bei näherer Bekanntschaft sahen sie ihren Irrtum schnell ein. Diesen Übergang brachte ich in kürzester Zeit hinter mich und wies bald alle unverkennbaren Merkmale eines astreinen Profis auf. Und ich möchte hier betonen, daß die Profis die Aristokratie des Schienenstrangs sind. Sie sind die Herren und Meister, der Uradel, Nietzsches Übermensch.

Als ich über den Berg nach Nevada zurückkam, mußte ich feststellen, daß irgendein Flußpirat Dinny McCreas Boot gestohlen hatte. (Merkwürdigerweise kann ich mich einfach nicht erinnern, was aus meinem Boot geworden ist, in dem Griechen-Nicky und ich von Oakland nach Port Costa gesegelt waren. Ich weiß, daß der Konstabler es nicht beschlagnahmte, und ich weiß, daß wir es nicht mit uns den Sacramento hochbrachten, aber das ist auch alles, was ich weiß.)

Ohne Dinny McCreas Boot konnte ich schlecht zurückkehren, und so blieb ich dem Schienenstrang erhalten.

Als ich genug von Sacramento hatte, nahm ich Abschied von der Gang (die mich, auf ihre wohlmeinende Weise, bei meiner Abfahrt mit einem Güterzug »abzuhängen« versuchte) und machte einen Ausflug durch das Tal von San Joaquin.

Der Schienenstrang hatte mich in seinem Bann und wollte mich nicht mehr freigeben.

Später fuhr ich dann eine Weile zur See und unternahm noch das eine oder andere, aber ich kehrte zum Schienenstrang zurück und machte längere Touren als »Komet« und Profi und lernte so wirklich Land und Leute und die menschliche Natur mit all ihren Schwächen und Tugenden kennen.

LANDSTREICHERARMEE

Wie der Leser inzwischen weiß, ist ein »Stiff« ein Landstreicher. Ich kam einmal in den Genuß, ein paar Wochen lang mit einer Gang zu reisen, die zweitausend Mann zählte. Sie war als »Kellys Armee« bekannt.

Quer durch den Wilden Westen, den ganzen Weg von Kalifornien, hatte General Kelly mit seinen Helden Züge »erobert«, aber ihr Siegeszug endete, als sie den Missouri überquerten und gegen den verweichlichten Osten vorgingen.

Der Osten dachte gar nicht daran, zweitausend Landstreicher des Schienenstranges kostenlos zu befördern. Kellys Armee lag eine ganze Weile machtlos bei Council Bluffs. An dem Tag, da ich mich ihr anschloß, setzte sie sich, verbittert durch den erzwungenen Aufenthalt, in Marsch, um einen Zug zu erobern.

Es war ein wahrhaftig imposanter Anblick. General Kelly saß auf einem feurigen schwarzen Streitroß und nahm die Parade seiner zweitausend Stiffs ab, die zur anfeuernden Musik von Pfeifen und Trommeln, Kompanie um Kompanie seiner zwei Divisionen, an ihm vorbeizogen, um zu dem Städtchen Weston, etwa 10 Kilometer entfernt, zu marschieren.

Da ich der neueste Rekrut war, hatte man mich der letzten Kompanie des letzten Regiments der zweiten Division zugeteilt und noch dazu dem letzten Glied der Nachhut.

In Weston schlug die Armee ihr Lager an der Bahnanlage auf, oder, um genauer zu sein, zwischen den beiden Gleisen, denn hier kamen zwei Linien durch: die Chicago-Milwaukee-und-St.Paul-Bahn und die Rock Island-Bahn.

Wir beabsichtigten, uns gleich des nächsten Zuges zu bemächtigen, aber die Zuständigen der beiden Linien machten uns einen Strich durch die Rechnung. Es gab keinen nächsten Zug. Sie legten beide Linien lahm.

Während wir zwischen den beiden Gleisen kampierten, blieben jedoch die guten Bürger von Omaha und Council Bluffs nicht untätig. Sie trafen Vorbereitungen, in Council Bluffs einen Zug anzuhalten, ihn zu übernehmen und ihn uns zu überlassen. Doch auch ihnen machten die Zuständigen einen Strich durch die Rechnung. Sie warteten nicht auf die Bürger.

Früh am Morgen des zweiten Tages traf eine Lokomotive mit lediglich einem Salonwagen in der Station ein und fuhr auf ein Nebengleis. Bei diesem Anzeichen, daß die Blockade aufgehoben war, stellte die ganze Armee sich neben den Bahnanlagen auf.

Doch gewiß kehrte nie Leben auf solche Weise auf ein totes Gleis zurück, wie wir es auf den beiden Spuren erleben sollten.

Aus dem Westen erreichte uns das Pfeifen einer Lokomotive. Sie kam in unsere Richtung, denn wir wollten ja in den Osten. Wir machten uns erwartungsvoll bereit. Das Pfeifen näherte sich uns ungeheuerlich schnell, und der Zug donnerte an uns vorbei. Selbst der beste Spitzentramp hätte nicht aufspringen können.

Und schon pfiff eine zweite Lokomotive. Ein weiterer Zug brauste vorbei, und noch einer, und noch einer, ein Zug um den anderen, und diese Züge waren bis zum letzten aus einer bunten Mischung von Personenwagen, Güterwaggons, Viehwagen, ausrangierten Lokomotiven, Postwagen und allem möglichen zusammengesetzt, was sich eben im Lauf der Jahre in einem Abstellbahnhof ansammelt. Als die Abstellgleise von Council Bluffs völlig geräumt waren, fuhr die Lokomotive mit dem Salonwagen ostwärts, und von da an rührte sich nichts mehr auf den Gleisen.

Der Rest des Tages verging und der nächste, und nichts tat sich. Und die zweitausend Tramps lagen die ganze Zeit im Schneeregen, Regen und Hagel an den Bahnanlagen. Doch am Abend überlisteten die Bürger von Council Bluffs die Bahnleute.

Und die beste Zeit für die Jagd ist des Nachts, wenn die Bündel-Stiffs sich an diesen Orten ein Fleckchen zum Schlafen gesucht und sich in ihre Decken gewickelt haben. (Seite 149)

Eine riesige Menschenmenge sammelte sich in Council Bluffs und überquerte den Fluß nach Omaha. Dort schloß sich ihnen eine weitere an, und gemeinsam stürmten sie das Gelände der Union Pacific Gesellschaft.

Als erstes bemächtigten sie sich einer Lokomotive, dann setzten sie einen Zug zusammen und fuhren mit ihm über die Rock Island Strecke, um ihn uns zu übergeben.

Auch das versuchten die Zuständigen der beiden Eisenbahngesellschaften zu vereiteln, aber es mißlang ihnen zum unbeschreiblichen Schrecken der Stationsvorsteher und eines Streckenarbeiters in Weston.

Diese beiden versuchten die geheime telegrafische Anweisung von höherer Stelle durchzuführen und machten sich daran, die Schienen aufzureißen, um den mit Sympathisanten beladenen Zug zum Entgleisen zu bringen.

Aber unser gesundes Mißtrauen hatte uns Patrouillen ausschicken lassen. Auf frischer Tat ertappt und von zweitausend empörten Tramps umringt, sahen der Stationsvorsteher und sein Gehilfe schon den Tod auf sich zukommen. Ich weiß nicht mehr, was sie gerettet hat, möglicherweise war es die Ankunft des Zuges.

Aber trotzdem hatten wir das Nachsehen, denn in ihrer Hast hatten die beiden Bürgertrupps unsere Zahl nicht bedacht. Der Zug, den sie zusammengestellt hatten, reichte bei weitem nicht für die Beförderung von zweitausend Mann.

Also blieben die Tramps einstweilen, wo sie waren, und die beiden Bürgertrupps gesellten sich ihnen zu. Man freundete sich mit einander an, unterhielt sich angeregt und sang gemeinsam Lieder. Und als Bürger und Tramps sich voneinander trennten, kehrten erstere mit dem erbeuteten Zug nach Omaha zurück, und letztere brachen am nächsten Morgen zu einem Fußmarsch von zweihundertfünfzigundzwanzig Kilometer nach Des Moines auf.

Erst nach der Überquerung des Missouris begann Kellys Armee sich zu Fuß fortzubewegen, und sie fuhr auch nie wieder mit dem Zug. Es kostete die Eisenbahn eine Unmenge, uns fernzuhalten, aber sie tat es aus Prinzip, und es glückte ihr.

Underwood, Leola, Avoca, Walnut, Marno, Atlantic, Wyoto, Anita, Adair, Adam, Casey, Stuart, Dexter, Carlham, De Soto, Van Meter, Booneville, Commerce, Valley Junction — wie mir all diese Orte wieder ins Gedächtnis kommen, wenn ich so die Karte ansehe und unsere Route durch das üppige Iowa verfolge.

Diese gastfreundlichen Iowa-Farmer! Sie kamen mit ihren Fuhrwerken und transportierten unser Gepäck, und zur Mittagszeit brachten sie uns warmes Essen an die Straße. Die Bürgermeister der malerischen kleinen Städte schwangen Willkommensreden und sahen zu, daß wir möglichst schnell wieder weiterkamen. Kleine und große Mädchen begrüßten uns mit Blumen, und die guten Bürger sammelten sich zu Hunderten und marschierten mit uns durch ihre Hauptstraßen.

Es war ein Volksfest, wenn wir in eine Stadt kamen, und für uns war jeden Tag Volksfest, denn wir kamen durch viele Städte.

Am Abend besuchte uns fast die ganze Stadt in unserem Lager. Jede Kompanie hatte ihr eigenes Lagerfeuer, und um jedes war etwas los. Die Köche in meiner, der Kompanie L, waren die reinen Gesangs- und Tanzkünstler und sorgten für den größten Teil der Unterhaltung bei uns. In einem anderen Teil des Lagers waren die Männer, die tatsächlich so etwas wie einen Gesangverein unter den Tramps gegründet hatten, und sie gaben ihre Lieder zum besten. Ihr Spitzenstar war der »Dentist«, der zu unserer Kompanie L gehörte. Er hatte einen wirklich herrlichen Tenor, und wir waren ungemein stolz auf ihn.

Der Dentist betätigte sich in Kellys Armee tatsächlich als Zahnarzt. Da er gewöhnlich zur Essenszeit Zähne zog und es unweigerlich zu kleinen, abwechslungsreichen Zwischenfällen kam, wurde unsere Verdauung angeregt.

Anästhetika gab es natürlich nicht, aber zwei oder drei

von uns waren jederzeit bereit, den Patienten festzuhalten, und es mangelte nie an interessierten Zuschauern.

Außer den Darbietungen der einzelnen Kompanien und des Gesangvereins wurden gewöhnlich auch Gottesdienste abgehalten. Den amtierenden Geistlichen stellte üblicherweise die nächste Pfarrgemeinde.

Hoch her ging es bei den politischen Reden, die ebenfalls nie fehlten.

All das lief nebeneinander ab. Es war also wirklich ein regelrechtes Volksfest. Unter zweitausend Tramps finden sich eben mit Leichtigkeit genügend, die zur allgemeinen Unterhaltung beitragen können.

Ich erinnere mich, wir hatten auch eine großartige Baseballmannschaft, die an Sonntagen gegen den lokalen Verein antrat, und falls es mehr als einen gab, spielte sie nach ihrem Sieg — sie gewann so gut wie immer — auch noch gegen einen zweiten.

Auf einer Vortragsreise im vorigen Jahr kam ich in einem Pullman — und ich meine diesmal keinen mit Seitentüren — nach Des Moines. Am Stadtrand sah ich die alte Ofenfabrik, und mein Herz schlug schneller. Keine zwölf Jahre waren es her, daß Kellys Armee dort haltgemacht und geschworen hatte, nicht mehr weiterzumarschieren.

Wir nahmen die Fabrik ein und erklärten Des Moines, daß wir bleiben würden — wir seien eingezogen und hätten nicht die Absicht, wieder auszuziehen.

Des Moines war eine gastliche Stadt, aber das war denn doch zu viel. Überlegen Sie selbst, lieber Leser. Zweitausend Tramps, für jeden drei Mahlzeiten, das sind sechstausend pro Tag, zweiundvierzigtausend pro Woche, oder hundertundachtundsechzig im kürzesten Monat des Jahres. Was das kostete! Wir hatten kein Geld. Des Moines mußte für uns sorgen.

Des Moines war verzweifelt. Wir hatten unser Lager aufgeschlagen, hielten politische Kundgebungen und Gesangsveranstaltungen, zogen Zähne, spielten Baseball und Karten und verzehrten sechstausend Mahlzeiten am Tag, für die Des Moines bezahlen mußte.

Des Moines wandte sich an die Eisenbahngesellschaften, aber die ließen sich nicht erweichen. Sie hatten uns bereits einmal klipp und klar erklärt, daß sie uns nicht befördern würden, und dabei blieb es. Uns Züge zur Verfügung zu stellen, würde einen Präzedenzfall schaffen, und das käme überhaupt nicht in Frage.

Und wir aßen weiter — sechstausend Mahlzeiten pro Tag, zweiundvierzigtausend ... Na, Sie wissen schon. Das war der erschreckende Faktor dieser Situation. Wir wollten nach Washington. Um die Bahnfahrt, selbst zu verbilligten Preisen, zu bezahlen, wäre Des Moines zu einer Kommunalanleihe gezwungen. Und das wäre auch der Fall, wenn die Stadt uns weiterhin verköstigen mußte.

Da fand ein Lokalgenie die Lösung. Wir weigerten uns, zu Fuß weiterzuziehen. Na gut, wir sollten nicht marschieren müssen. Floß nicht der Des Moines River nach Keokuk, wo er in den Mississippi mündete? Diese Flußstrecke war vierhundertachtzig Kilometer lang. Wir könnten auf dem Fluß fahren, erklärte das Genie. Und wenn wir erst einmal Boote hatten, kämen wir auf dem Mississippi auch weiter zum Ohio und den Ohio aufwärts. Dann allerdings müßten wir ein Stück über die Berge, um nach Washington zu gelangen.

Des Moines veranstaltete eine Sammlung. Die Bürger, denen das öffentliche Wohl am Herzen lag, spendeten mehrere tausend Dollar. Holz, Taue, Nägel und Werg zum Abdichten wurden in großen Mengen herbeigeschafft, und an den Ufern des Des Moines Rivers begann eine gewaltige Zeit des Schiffbaus.

Nun ist der Des Moines River aber wirklich nicht gerade das, was man einen richtigen Fluß nennen könnte. Bei uns im weiten Westen würde man ihn als Bach bezeichnen. Die älteren Einwohner schüttelten den Kopf und sagten, wir würden es nie schaffen, weil der Des Moines ganz einfach nicht genug Wasser hatte, ihn zu befahren. Aber das war

Des Moines egal, solange es uns los wurde. Und wir selbst waren so wohlgenährte Optimisten, daß wir uns deshalb keine Sorgen machten.

Am Mittwoch, dem 9. Mai 1894, stachen wir zwar nicht in See, aber in den Fluß, und so begann unser kolossales Picknick.

Des Moines war verhältnismäßig billig davongekommen, und ich finde, ihr Genie, das der Stadt so aus der Verlegenheit half, hätte eine Bronzestatue verdient. Gewiß, Des Moines hatte für unsere Boote bezahlen müssen; wir hatten sechsundsechzig Mahlzeiten auf ihre Kosten in den Fabrikanlagen verzehrt und ließen uns außerdem noch Proviant für weitere zwölftausend mitgeben — für den Fall einer Hungersnot unterwegs.

Aber stellen Sie sich doch bloß vor, was es Des Moines gekostet hätte, wären wir statt der elf Tage elf Monate geblieben! Übrigens versprachen wir Des Moines beim Abschied, daß wir zurückkehren würden, falls der Fluß sich als unbefahrbar erweisen sollte.

Es war ja sehr schön, daß wir so viel Proviant mitbekommen hatten, und zweifellos freuten die Burschen auf dem Versorgungsboot sich diebisch darüber, denn dieses Boot verschwand prompt. Mein Boot, zumindest, sah es nie wieder.

Die militärische Formation ging bei dieser Fahrt natürlich hoffnungslos verloren und mit ihr die Disziplin. In jeder größeren Gemeinschaft gibt es einen bestimmten Prozentsatz an Drückebergern, Unselbständigen, einfachen Durchschnittsmenschen und solchen, die aus jeder Situation das Beste machen und sie für ihre Zwecke zu nutzen wissen.

Zu letzteren gehörten alle zehn Mann in meinem Boot: die Crème de la crème der Kompanie L. Ich befand mich aus zwei Gründen unter ihnen: erstens, weil ich ein Spitzentramp war und zweitens, weil ich, meinem Monica »Seemanns-Jack« nach, schließlich etwas von Schiffen und Schiffahrt verstehen mußte.

Wir zehn vergaßen die restlichen vierzig Mann der Kompanie L, und nachdem wir die erste Mahlzeit versäumt hatten, dachten wir auch nicht mehr an das Versorgungsboot. Wir machten uns selbständig. Wir fuhren unabhängig von den anderen den Fluß hinunter, verschafften uns unsere Mahlzeiten selbst, waren schneller als jedes andere Boot der »Flotte«, und — ich muß es wohl gestehen — bemächtigten uns manchmal auch des gesamten Proviants, den die Farmer für die Armee zusammengetragen hatten.

Einen guten Teil der vierhundertachtzig Kilometer waren wir dem Rest der Armee einen halben bis ganzen Tag voraus. Es war uns gelungen, ein paar amerikanische Fahnen aufzugabeln. Immer, wenn wir uns einer Ortschaft näherten oder eine Gruppe Farmer sich am Ufer versammelt hatten, hißten wir die Flaggen, behaupteten, wir seien die Vorhut, und erkundigten uns, was an Versorgung für uns bereitläge. Und da wir die Armee repräsentierten, wurde uns widerspruchslos alles ausgehändigt.

Doch wir handelten wohlüberlegt. Wir nahmen nie mehr, als klug war, wohl aber suchten wir uns immer das Beste aus. Wenn, beispielsweise, ein menschenfreundlicher Farmer für mehrere Dollar Tabak gestiftet hatte, ließen wir ihn selbstredend nicht zurück. Auch Butter, Zucker, Kaffee und Konserven luden wir auf unser Boot. Bestand der zusammengetragene Proviant dagegen aus Säcken mit Bohnen oder Mehl oder zwei und mehr geschlachteten Ochsen, rührten wir das Zeug nicht an und gaben Anweisung, es auf das uns folgende Versorgungsboot zu schaffen.

Wahrhaftig, wir zehn lebten wie die Götter in Frankreich. General Kelly versuchte vergebens, uns das Handwerk zu legen. Er schickte uns zwei Ruderer in einem leichten Kahn nach. Sie holten uns auch ein, aber sie waren zwei und wir zehn. General Kelly hatte ihnen Vollmacht erteilt, uns gefangenzunehmen, und das rieben sie uns unter die Nase. Als wir ihnen dann klarmachten, daß wir gar nicht daran dachten, uns zu ergeben, eilten sie hastig zur nächsten Ortschaft, um die Unterstützung der Obrigkeit zu erbitten.

Wir legten sofort an und richteten uns am Ufer ein etwas frühes Abendessen und stahlen uns dann im Schutz der Dunkelheit an der Ortschaft mitsamt ihrer Obrigkeit vorbei.

Einen Teil dieser Fahrt führte ich ein Tagebuch. Wenn ich es jetzt durchblättere, stoße ich immer wieder auf die Eintragung: *leben fürstlich!* Wir begnügten uns nicht einmal damit, unseren Kaffee mit Wasser zu kochen, wir nahmen dazu Milch her und nannten dieses köstliche Getränk, wenn ich mich recht erinnere, Wiener Hellen.

Während wir vorausfuhren und den Rahm abschöpften und das Versorgungsboot irgendwo weit zurückgeblieben war, litt die Hauptmacht in der Mitte Hunger. Das war natürlich schlimm für die Armee, das gebe ich gerne zu. Aber wir zehn waren schließlich Einzelgänger. Wir hatten Unternehmungsgeist. Wir waren der festen Ansicht, daß der Proviant für den war, der zuerst kam, und der Wiener Helle dem Starken gebührte.

Einmal war die Armee achtundvierzig Stunden lang ohne Essen. Dann kam sie zu einer kleinen Ortschaft mit etwa dreihundert Einwohnern. An den Namen dieses Dorfes erinnere ich mich nicht mehr, aber es könnte Red Rock gewesen sein. Diese Ortschaft hatte wie alle anderen, durch die die Armee kam, ein Sicherheitskomitee aufgestellt. Ging man von einer fünfköpfigen Familie aus, so hatte die Ortschaft etwa sechzig Haushalte.

Das Sicherheitskomitee erstarrte vor Schrecken über diese Invasion von zweitausend hungrigen Tramps, die ihre Boote, zu zwei und drei nebeneinander, in einer langen Reihe am Ufer anlegten.

General Kelly war ein fairer Mann. Er wollte nicht, daß dieses Dorf seiner Armee wegen in Not geriet, und erwartete nicht, daß sechzig Haushalte zweitausend Mann verköstigten. Außerdem verfügte die Armee über Bargeld.

Aber das Sicherheitskomitee verlor den Kopf. »Nur die

Invasoren nicht ermutigen«, lautete seine Devise. Als General Kelly Nahrungsmittel zu kaufen begehrte, ließ das Komitee es nicht zu. Es gäbe hier nichts zu kaufen, wurde ihm erklärt. Sein Geld wäre hier »nicht gut«.

Da handelte General Kelly. Die Hörner schmetterten. Die Armee verließ die Boote und formierte sich am Ufer. Das Komitee stand da und sah es. General Kellys Ansprache war kurz und bündig.

»Jungs«, fragte er, »wann habt ihr zuletzt etwas gegessen?«

»Vorgestern!« erschallte die einstimmige Antwort.

»Habt ihr Hunger?«

Das nicht weniger einstimmige Ja aus zweitausend Kehlen erschütterte die Luft.

General Kelly drehte sich zum Sicherheitskomitee um.

»Meine Herren, Sie sehen die Situation. Meine Leute haben seit achtundvierzig Stunden nichts mehr zu essen bekommen. Wenn ich zulasse, daß sie sich selbst etwas besorgen, kann ich für nichts garantieren und bin nicht verantwortlich für das, was auch immer geschehen mag. Die Männer sind verzweifelt. Ich habe mich erboten, Essen für sie zu kaufen. Aber sie weigerten sich, uns etwas zu verkaufen.

Ich ziehe mein Angebot zurück und stelle Ihnen statt dessen ein Ultimatum. Sie haben fünf Minuten, sich zu entscheiden. Entweder sie schlachten sechs Ochsen für uns und beschaffen uns viertausend Rationen, oder ich geben meinen Männern freie Hand. Fünf Minuten, meine Herren!«

Das völlig verschreckte Komitee starrte auf die zweitausend hungrigen Tramps und raste davon. Er wartete keine fünf Minuten. Er wollte kein Risiko eingehen. Die Ochsen wurden umgehend geschlachtet und der Proviant zusammengetragen. Die Männer konnten ihre hungrigen Mägen füllen.

Immer noch fuhren wir zehn unverschämten Einzelgänger voraus und sahnten ab. Aber General Kelly machte schließlich doch einen Strich durch unsere Rechnung. Er schickte Reiter an beiden Ufern voraus, die die Farmer und Ortschaften vor uns warnten. Und sie taten ihre Arbeit sehr gründlich.

Die zuvor so gastfreien Farmer zeigten uns die kalte Schulter, und nicht nur das, falls wir am Ufer anlegten, riefen sie auch noch die Polizei und hetzten die Hunde auf uns. Das ist mir noch in allzu guter Erinnerung.

Zwei dieser unfreundlichen Vierbeiner stellten mich an einem Stacheldrahtzaun, der mich vom Fluß trennte. Ich trug zwei Eimer Milch für unseren Wiener Hellen. Dem Zaun ist nichts passiert, aber wir mußten unseren Kaffee mit einfachem heißen Wasser kochen, und ich hatte die dankbare Aufgabe vor mir, mir eine andere Hose zu erbetteln.

Ich frage mich, lieber Leser, ob Sie vielleicht jemals versucht haben, mit einem Eimer Milch in jeder Hand eilig über einen Stacheldrahtzaun zu klettern. Seit jener Zeit habe ich eine Abneigung gegen Stacheldraht und habe Statistiken darüber gesammelt.

Da wir nicht auf ehrliche Weise zu unserem täglichen Brot kommen konnten, solange General Kelly seine beiden Reiter vor uns herschickte, kehrten wir zur Hauptmacht zurück und sorgten für einen Aufstand. Es war zwar wirklich nichts Großes, aber für Kompanie L war er verheerend.

Der Hauptmann dieser unserer Kompanie weigerte sich, uns wieder aufzunehmen. Er sagte, wir seien Deserteure und Verräter und gemeine Lumpen. Und als er Verpflegung für die Kompanie bezog, gab er uns nichts ab.

Dieser Hauptmann kannte uns nicht, sonst hätte er uns den Proviant nicht vorenthalten. Sofort wiegelten wir den Oberleutnant auf. Er schloß sich uns mit den zehn Mann seines Bootes an, und zum Dank wählten wir ihn zum Hauptmann von Kompanie M.

Der Hauptmann der Kompanie L wollte sich das nicht bieten lassen und machte großen Tamtam. Und schon hatten wir General Kelly, Oberst Speed und Oberst Baker

Immer noch fuhren wir zehn unverschämten Einzelgänger voraus und sahnten ab. (Seite 161)

auf dem Hals. Aber wir zwanzig blieben eisern, und man erkannte uns schließlich als eigene Kompanie an.

Aber wir kümmerten uns auch jetzt nicht um den normalen Dienstweg, was unsere Verpflegung betraf. Wir besorgten sie uns selbst von den Farmern. Unser neuer Hauptmann traute uns zehn jedoch nicht so ganz. Er wußte nie, wann er uns wiedersehen würde, wenn wir uns in der Früh selbständig machten. Also schickte er nach einem Schmied. Offenbar war er darauf versessen, seinen neuen Hauptmannsrang zu behalten. Der Schmied mußte am Heck unseres Bootes, an beiden Seiten, je eine große Eisenöse anbringen, und am Bug seines Bootes, in gleichem Abstand und gleicher Höhe, je einen kräftigen Eisenhaken. Die Boote wurden Heck an Bug zusammengebracht und die Haken in den Ösen befestigt.

So konnten wir den Hauptmann nicht mehr abhängen. Aber wir waren nicht unterzukriegen. Und wir wußten sogar diese Kandare zu nutzen und machten sie zum Mittel, durch das wir allen anderen Booten überlegen waren.

Wie alle großen Erfindungen, verdankten wir auch diese einem Zufall. Wir kamen auf sie, als wir bei einer Stromschnelle gegen ein Hindernis stießen. Das vordere Boot saß fest, während das hintere in der Strömung herumschwang und dabei das vordere auf seinem Steinbrocken oder Baumstumpf oder was immer herumdrehte. Ich befand mich am Heck dieses Bootes. Vergebens versuchten wir freizukommen. Da befahl ich den Männern aus dem vorderen Boot, ins hintere zu klettern. Sofort kam das vordere frei, und die Männer kehrten zurück.

Danach bargen unerwartete Hindernisse, Sandbänke, Untiefen und dergleichen keine Schrecken mehr für uns. Kaum saß das vordere Boot fest, sprangen alle Mann in das hintere. Natürlich trieb das vordere dann mühelos über das Hindernis, und das hintere steckte fest. Ohne daß auch nur noch etwas gesagt werden mußte, kletterten die zwanzig

Mann daraufhin ins vordere Boot, und das hintere kam ebenfalls frei.

Alle Boote der Armee waren gleich. Sie waren aus langen Stämmen gefertigt, die dann in gleicher Länge abgesägt worden waren. Im Grund genommen waren sie nicht mehr als rechteckige Flöße, jedes etwa einsachtzig breit, drei Meter lang und fünfundvierzig Zentimeter dick.

Wenn unsere zwei Boote zusammengehängt waren, saß ich am Heck und steuerte also ein Wasserfahrzeug von sechs Meter Länge, auf dem zwanzig kräftige Tramps saßen, die sich beim Rudern ablösten, und das außerdem mit unseren Decken, den Kochutensilien und unserem Privatproviant beladen war.

Aber wir waren immer noch General Kellys Sorgenkinder. Er hatte seine Reiter zurückgezogen und sie gegen drei Polizeiboote ausgetauscht, die die Vorhut bildeten und keine anderen Boote vorbeiließen. Das »Langboot« unserer Kompanie M war gleich hinter den Polizeibooten. Wir hätten sie leicht überholen können, aber das war uns ja verboten.

Also hielten wir einen respektvollen Abstand und warteten ab. Wir wußten, daß vor uns, nach unseren Begriffen, jungfräuliches Farmland lag, das bestimmt gastfreundlich war. Aber wir warteten ab. Alles, was wir brauchten, war gischtendes Wasser. Als wir um eine Biegung kamen und eine Stromschnelle voraus sahen, wußten wir, was passieren würde.

Klatsch! Polizeiboot Numero eins streift gegen einen Steinblock und sitzt fest. Wumm! Polizeiboot Numero zwei macht es ihm nach. Bumm! Polizeiboot Numero drei geht es nicht besser. Natürlich läuft auch unser Boot auf, doch eins, zwei, drei, schon sind die Männer aus dem vorderen ins hintere Boote gestiegen; und eins, zwei drei springen alle vom hinteren aufs vordere; und eins, zwei drei, kehren die Männer aus dem hinteren Boot zu ihrem zurück. Und wir sausen mit der Strömung weiter.

»Halt! Verdammt und zugenäht! Hiergeblieben, ihr Hundesöhne!« brüllen die Burschen von den Polizeibooten.

»Gern, wenn ihr uns sagt, wie wir es bewerkstelligen sollen«, brüllen wir mit bemüht kläglicher Miene zurück, während die unaufhaltsame, heftige Strömung uns außer Sicht reißt und uns zum Land der freigebigen Farmer trägt, wo wir unsere Vorräte mit dem Besten des Gebotenen aufstocken können.

Und wieder trinken wir Wiener Hellen und richten uns nach dem Sprichwort: Wer zuerst kommt, mahlt zuerst.

Der arme General Kelly! Er mußte sich etwas Neues einfallen lassen: die ganze Flotte setzte sich vor uns in Bewegung. Wir, die Kompanie M der zweiten Division, hatten den Platz einzunehmen, der uns der Reihenfolge nach gebührte, nämlich den letzten.

Aber das ging nur einen Tag gut, denn etwa vierzig Kilometer schlecht befahrbarer Strecke lagen vor uns mit Stromschnellen, Sandbänken und mehr oder weniger aus dem Wasser ragenden Steinbrocken. Dieser Strecke wegen hatten die älteren Bürger von Des Moines den Kopf geschüttelt und aus ihren Befürchtungen kein Hehl gemacht.

Fast zweihundert Boote erreichten sie vor uns und stauten sich auf die verrückteste Weise. Unaufhaltsam wie Steppenbrand bahnten wir uns einen Weg durch die gestrandete Flotte. Den Hindernissen zu entgehen, war unmöglich, wollte man nicht aussteigen und am Ufer entlanglaufen. Wir versuchten gar nicht, ihnen auszuweichen. Wir scharrten über sie, und dann eins, zwei vom vorderen zum hinteren Boot und vom hinteren zum vorderen. Es war ein ständiges Hin und Her, aber so kamen wir schnell und als einzige voran.

In dieser Nacht kampierten wir allein und ruhten uns den ganzen nächsten Tag im Lager aus, während die Hauptmacht ihre beschädigten Boote wieder zusammenflickte und uns nach und nach folgte.

Wir waren nicht zu halten. Wir setzten einen Mast und benutzten als Segel eine Wolldecke. So legten wir in kürzester Zeit weite Strecken ohne Anstrengung zurück, während die Armee Überstunden machen mußte, um uns wenigstens im Blickfeld zu halten.

Dann nahm General Kelly Zuflucht zur Diplomatie. Auf dem nun freien, geraden Fluß konnte uns kein anderes Boot einholen. Ohne alle Zweifel waren wir der verwegenste Haufen, der je den Des Moines River hinuntergebraust ist. Die gegen uns nutzlosen Polizeiboote wurden zu gemeinen Booten degradiert. Dafür erwies Obert Speer uns die Ehre, an Bord unseres Doppelbootes zu kommen. Mit diesem verdienten Offizier erreichten wir stolz als erste Keokuk am Mississippi.

Ich möchte diese Gelegenheit nutzen, General Kelly und Oberst Speer meine Wertschätzung auszudrücken. Meine Herren, Sie waren beide Helden und echte Männer. Ich möchte mich bei Ihnen für wenigstens zehn Prozent des Ärgers entschuldigen, den Sie mit dem Boot der Kompanie M hatten.

In Keokuk wurden alle Boote zu einem riesigen Floß verbunden, und nachdem wir einen Tag wegen eines Sturms festgelegen hatten, nahm uns ein Dampfer ins Schlepptau den Mississippi abwärts nach Quincy, Illionois, wo wir unser Lager auf Goose Island an der anderen Flußseite aufschlugen.

Das große Floß wurde zu jeweils vier verbundenen Booten aufgeteilt und überdeckt.

Jemand erwähnte, daß Quincy die wohlhabendste Stadt ihrer Größe in den Vereinigten Staaten sei. Kaum hatte ich das gehört, packte mich der unwiderstehliche Drang, mich auf die Socken zu machen. Kein waschechter Profi kann sich ein so vielversprechendes Tätigkeitsfeld entgehen lassen.

Ich überquerte den Fluß in einem kleinen Kanu und

kehrte mit einem großen Kahn zurück, der so schwer mit meinem erbettelten Gut beladen war, daß er Tiefgang hatte.

Das eingenommene Geld behielt ich für mich, aber natürlich bezahlte ich davon die Leihgebühr für das Ruderboot. Auch wählte ich von der Unterwäsche, den Socken, den abgelegten Kleidungsstücken, Schuhen und Kopfbedeckungen, was ich für mich brauchte. Nachdem sich dann auch Kompanie M genommen hatte, was sie wollte, blieb immer noch ein beachtlicher Haufen übrig, den ich großzügig Kompanie L überließ. Ja, ich war jung und freigebig in jenen Tagen.

Den guten Bürgern von Quincy hatte ich Hunderte von Geschichten erzählt, und jede war gut gewesen. Seit ich für Zeitschriften schreibe, denke ich hin und wieder mit Bedauern, welchen Reichtum an Phantasie ich doch in diesen Tagen in Quincy, Illinois, vergeudete.

In Hannibal, Missouri, löste sich das Häufchen der zehn Unbezwingbaren auf. Das war nicht geplant gewesen. Es kam ganz von selbst. Der Kesselschmied und ich entfernten uns verstohlen. Am gleichen Tag zogen Scotty und Davy sich in aller Eile auf die Illinois-Seite zurück. Und auch McAvoy und Fish gelang es zu verschwinden. Das waren sechs von den zehn. Was aus den vier weiteren wurde, weiß ich nicht.

Als Beispiel meines Tramplebens zitiere ich die Eintragungen in meinem Tagebuch für die meiner »Desertierung« folgenden Tage:

Freitag, 25.5.

Der Kesselschmied und ich haben das Lager auf der Insel verlassen. Mit einem Ruderboot setzten wir zur Illinois-Seite über. Dann trampten wir entlang der C.B.&Q. zehn Kilometer nach Fell Creek. Wir hatten einen Umweg von zehn Kilometern gemacht, fuhren danach aber zehn Kilometer mit einer Draisine auf der Wabashlinie bis nach Hull. Dort stießen wir auf McAvoi, Fish, Scotty und Davy, die ebenfalls nichts mehr von der Armee wissen wollten.

Samstag, 26.5.
Um 2 Uhr 11 sprangen wir auf den Cannonball auf, als er am Bahnübergang langsamer fuhr. Scotty und Davy wurden gleich abgehängt, wir vier anderen erst fünfundsechzig Kilometer weiter bei Bluffs. Am Nachmittag kamen Fish und McAvoy auf einem Güterzug mit, während der Kesselschmied und ich unterwegs beim Essenbetteln waren.

Sonntag, 27.5.
Um 3 Uhr 21 schafften wir den Cannonball und fanden dort Scotty und Davy auf dem Blinden vor. Im Morgengrauen wurden wir alle in Jacksonville abgehängt. Da der C. & A. dort durchfährt, hatten wir vor, ihn zu nehmen. Der Kesselschmied wollte sich ein wenig umsehen und kam nicht wieder. Ich nehme an, er hat einen Güterzug bekommen.

Montag, 28.5.
Der Kesselschmied ist nicht mehr aufgetaucht. Scotty und Davy sind irgendwo hin zum Schlafen und nicht rechtzeitig zurückgekehrt, um mit dem K.C.-Personenzug um 3 Uhr 30 mitzukommen. Ich schaffte ihn und fuhr mit ihm bis Sonnenaufgang. In Masson City (25 000 Einwohner) sprang ich ab. Ich bekam dort einen Viehtransport und fuhr die ganze Nacht durch.

Dienstag, 29.5.
Kam um 7 Uhr in Chicago an ...

BULLEN

Stürbe der Tramp in den Vereinigten Staaten plötzlich aus, käme es in vielen Familien zu Notlagen. Der Tramp ermöglicht Tausenden von Familienvätern ein reelles Einkommen und eine gute Erziehung ihrer Kinder. Ich weiß es, denn mein Vater war selbst einmal eine Zeitlang Konstabler, der sich sein Brot mit der Landstreicherjagd verdienen mußte. Die Stadt bezahlte ihm ein Kopfgeld für jeden Vagabunden, den er einlieferte, und ich glaube, er bekam auch Kilometergeld.

In unserer Familie waren wir mit irdischen Gütern nicht gerade in reichlichem Maße gesegnet, und der Sonntagsbraten, das neue Paar Schuhe, ein Picknick an einem freien Tag und meine Schulbücher, all dies hing von Vaters Glück beim Trampfang ab.

Wie gut erinnere ich mich der unterdrückten Aufregung und der Spannung, mit denen ich jeden Morgen darauf wartete, zu erfahren, mit welchem Erfolg die nächtlichen Mühen Vaters gesegnet waren: wie viele Tramps er verhaftet hatte, und wie die Aussichten für ihre Verurteilung standen.

So kam es später, als ich selbst Tramp war und das Glück hatte, einem besonders eifrigen Konstabler zu entgehen, daß ich oft an die armen Kinder des Polizisten dachte und ich mich irgendwie schuldig fühlte, weil ihnen dadurch vielleicht ein paar mögliche Erleichterungen entgingen.

Aber so ist das Leben nun mal eben. Der Tramp lehnt sich gegen die Gesellschaft auf, und die Wachhunde der Gesellschaft verdienen sich ihren Lebensunterhalt durch ihn. Manche Landstreicher lassen sich gern von den eifrigen Gesetzeshütern fassen — vor allem im Winter. Natürlich suchen diese Vagabunden sich Städte aus, in denen die Gefängnisse »gut« sind, wo nicht verlangt wird, daß sie arbeiten, und wo sie reichlich zu essen bekommen.

Es gab auch — und möglicherweise gibt es sie imrner

noch — Polizisten, die ihr Kopfgeld mit den von ihnen Verhafteten teilen. Ein solcher Polizist braucht nicht zu jagen. Er pfeift, und das Wild eilt zu ihm.

Es ist erstaunlich, wieviel Geld an völlig mittellosen Landstreichern zu verdienen ist. In sämtlichen Südstaaten gibt es — oder gab es zumindest während meiner Trampzeit — Haftanstalten, aus denen Farmer und Plantagenbesitzer sich Landstreicher gegen gutes Geld mieten können, wo die Tramps also ganz einfach arbeiten müssen.

Dann gibt es Orte, wie die Steinbrüche von Rutland, Vermont, in denen die Landstreicher ausgebeutet, wo die Kräfte, die sie sich unverdient durch Betteln erworben haben, zum Wohl der Allgemeinheit genutzt werden.

Nun, ich kenne diese Steinbrüche von Rutland nicht aus eigener Erfahrung, und darüber bin ich ausgesprochen froh, wenn ich daran denke, wie wenig fehlte, daß ich Bekanntschaft mit ihnen geschlossen hätte. Unter Tramps spricht sich dergleichen schnell herum, und ich hörte zum erstenmal von diesen Steinbrüchen, als ich durch Indiana trampte. In New England schien es kaum ein anderes Gesprächsthema zu geben, und einer warnte den anderen.

»Sie brauchen Leute in den Steinbrüchen«, berichteten die durchreisenden Tramps. »Und man wird nie zu weniger als drei Monaten verurteilt.«

Bis ich nach New Hampshire gelangte, war ich bereits ziemlich nervös wegen dieser Steinbrüche, und ich ging Eisenbahnpolizisten, »Bullen« und Konstablern aus dem Weg wie nie zuvor.

Eines Abends kam ich zum Bahnhof von Concord und fand einen Güterzug, der offenbar abfahrbereit war. Ich suchte mir einen leeren Waggon, öffnete die Seitentür gerade weit genug, daß ich hineinschlüpfen konnte, und schloß sie wieder hastig. Ich hoffte, gegen Morgen über den White River nach Vermont zu gelangen. Von dort waren es allerdings nicht viel mehr als fünfzehnhundert Kilometer nach Rutland.

Aber je weiter ich nordwärts kam, desto größer würde

auch die Entfernung zwischen mir und diesem Gefahrenpunkt werden.

Im Waggon, in den ich mich gestohlen hatte, fand ich einen »Schienenneuling« vor, der bei meinem Anblick entsetzlich erschrak und sichtlich zu zittern begann. Er hielt mich für einen Bremser. Als ich ihm versichert hatte, daß ich bloß ein »Stiff« sei, beruhigte er sich zusehends. Schuld an seiner Angst waren die Steinbrüche von Rutland, wie er mir erklärte. Er war ein junger Bursche vom Land, der bisher sein Glück nur auf Kurzstreckenbahnen versucht hatte.

Der Güterzug dampfte ab, und wir streckten uns in einer Ecke des Waggons aus. Zwei oder drei Stunden später weckte mich an einer Haltestelle ein Geräusch. Die Tür auf der rechten Wagenseite wurde leise zurückgeschoben. Der Neuling schlief weiter. Ich rührte mich nicht, öffnete jedoch die Augen, aber nur so weit, daß die Wimpern es verbargen.

Eine Laterne wurde durch die Türöffnung gestreckt, und ihr folgte der Kopf des Bremsers. Er entdeckte uns und bedachte uns mit einem nachdenklichen Blick. Ich war auf grimmige Verwünschungen vorbereitet und auf das übliche: »Verschwindet, ihr verfluchten Hundesöhne!«

Statt dessen zog er die Laterne zurück und schloß vorsichtig und so leise wie möglich die Tür. Das erschien mir als ungewöhnlich und ungemein verdächtig. Ich lauschte und hörte, wie er den Riegel vorschob.

Nun war die Tür von außen verschlossen, und wir konnten sie von innen nicht öffnen. Also war uns ein Ausgang verwehrt. Das konnte ich nicht zulassen. Wir brauchten beide Türen als mögliche Fluchtwege.

Ich wartete ein paar Sekunden, dann schlich ich mich zur linken Tür und probierte sie. Sie war noch nicht verriegelt. Ich öffnete, sprang hinaus und schloß sie hinter mir. Dann kletterte ich über die Puffer auf die andere Waggonseite. Ich zog den Riegel, den der Bremser vorgeschoben hatte, wieder zurück, kletterte hinein und schloß die Tür hinter mir. Jetzt standen uns beide Ausgänge offen. Der Neuling schlief immer noch.

Der Zug fuhr weiter und kam zur nächsten Haltestelle. Ich hörte Schritte auf dem Kies, dann wurde die linke Tür unsanft zurückgeschoben. Der Neuling erwachte, und ich tat so als ob. Wir setzten uns auf und starrten blinzelnd auf den Bremser mit seiner Laterne. Er kam ohne Umschweife zur Sache.

»Ihr müßt mir drei Dollar geben«, sagte er.

Wir standen auf und gingen auf ihn zu, um mit ihm zu verhandeln. Wir drückten ihm unsere absolute Bereitwilligkeit aus, mit ihm ins Geschäft zu kommen, bedauerten jedoch, daß wir aufgrund einer Pechsträhne nicht in der Lage seien, seine Forderung zu erfüllen.

Ungläubig musterte der Bremser uns. Er war sogar bereit, seine Ansprüche herabzuschrauben und würde sich auch mit zwei Dollar zufriedengeben, wie er uns erklärte.

Aber auch mit zwei Dollar konnten wir nicht aufwarten, das gestanden wir ihm mit zerknirschter Miene.

Er bedachte uns mit sehr unfreundlichen und unschmeichelhaften Namen, schimpfte uns, unter anderem, auch Hundesöhne, und verfluchte uns in die feurigsten Tiefen der Hölle. Dann fing er zu drohen an. Er sagte, wenn wir das Geld nicht herbeischafften, würde er uns zum White River mitnehmen und uns dort der Polizei ausliefern. Er ließ sich auch ausführlich über die Steinbrüche von Rutland aus.

Natürlich bildete der Bremser sich ein, er hätte uns in seiner Gewalt, denn bewachte er nicht die eine Tür, während die andere verriegelt war, wie er ja schließlich wußte, da er selbst dafür gesorgt hatte.

Als er von den Steinbrüchen zu reden anfing, versuchte der völlig verstörte Neuling sich zur anderen Tür zu stehlen. Der Bremser lachte hämisch, sehr laut und sehr lange.

»Laß dir nur Zeit, Freundchen«, wandte er sich an den

Neuling. »Es nutzt dir nichts. Ich habe diese Tür an der letzten Haltestelle verriegelt.«

So sehr glaubte er daran, daß sie tatsächlich verschlossen sei, daß seine Worte durchaus überzeugend klangen. Jedenfalls glaubte ihm der Neuling und war sichtlich verzweifelt.

Der Bremser stellte sein Ultimatum. Entweder rückten wir zwei Dollar heraus oder er würde uns einsperren und dem Konstabler von White River aushändigen — und das bedeutete drei Monate in den Steinbrüchen, das mußte er uns natürlich noch einreiben.

Nehmen wir doch an, lieber Leser, daß die andere Tür tatsächlich verschlossen gewesen wäre. Können Sie sich unsere prekäre Lage vorstellen? Sich in sie versetzen? Nur, weil ich nicht einmal einen Dollar mein eigen nannte, wäre ich in die Steinbrüche gewandert und hätte dort drei Monate als Sträfling Sklavenarbeit verrichtet. Aber nicht ich allein, sondern auch der Neuling. Beschäftigen Sie sich nicht mit mir, denn ich war ein hoffnungsloser Fall. Doch denken Sie an den Neuling.

Nach drei Monaten wäre er entlassen worden, und mit allem, was er im Steinbruch von den anderen Häftlingen gelernt hatte, vielleicht als echter Krimineller, der von der schiefen Bahn nicht mehr herunterkam. Möglicherweise würden Sie — ja Sie! — ihm einmal über den Weg laufen und er ihnen mit einem Totschläger den Schädel einhauen, nur damit er sich Ihre Brieftasche aneignen kann. Und wenn Sie es nicht sind, findet er eben ein anderes, unschuldiges, bedauernswertes Opfer.

Aber die Tür war nicht mehr verriegelt, und das wußte nur ich. Der Neuling und ich flehten den Bremser um Erbarmen an. Ich tat es wohl aus reinem Spaß an der Sache, und ich machte es wirklich gut. Ich wartete mit einer Geschichte auf, die das Herz selbst des Unerbittlichsten gerührt hätte — doch nicht das dieses geldgierigen, dreckigen Bremsers.

Als er endlich einsah, daß wir keinen Cent bei uns hatten, verließ er den Waggon, zog die Tür zu und verriegelte sie.

Aber er blieb davor stehen, für den Fall, daß wir ihn angeführt hätten und ihm die zwei Dollar jetzt doch noch anbieten würden.

Jetzt war ich an der Reihe, so richtig loszulegen. Nun schimpfte ich ihn einen Hundesohn, gab ihm all die schmeichelhaften Titulierungen, mit denen er uns bedacht hatte, und viele weitere dazu. Ich stammte nicht umsonst aus dem Westen, wo die Männer zu fluchen verstehen, und ich hatte nicht vor, mich von dem räudigen Bremser einer lausigen New England-Kleinbahn an Anschaulichkeit und Kraft der Sprache übertrumpfen zu lassen.

Anfangs versuchte der Bursche darüber zu lachen, dann beging er den Fehler zu antworten. Nun ging ich erst so richtig aus mir heraus. Ich wurde zum wahren Erfindungskünstler und ließ meine nicht geringe Phantasie walten, um ihn mit Ausdrücken zu bedenken, die ihn bis ins innerste Mark trafen. Auch war meine Kanonade nicht nur eine Laune und bloß gedacht, mich an meiner eigenen Wortgewandtheit zu ergötzen.

Ich war tatsächlich erbost über diesen niederträchtigen Halunken, der mich drei Monate zur Sklavenarbeit verdammen wollte, nur weil ich ihm keinen Dollar geben konnte. Außerdem hatte ich den Verdacht, daß er von dem Kopfgeld des Konstablers seinen Anteil bekommen würde.

Aber ich gab es ihm. So hat ihm bestimmt nie jemand die Meinung gesagt. Und ich verletzte sein Selbstbewußtsein, seinen Stolz auf unbezahlbare Weise. Er wollte mir Angst einjagen, indem er damit drohte, daß er wieder hereinkäme und mich fertigmachen würde.

Ich konterte damit, daß ich nur auf ihn wartete und ihm einen Tritt ins Gesicht versetzen würde, sobald er hochkletterte. Ich war in der besseren Position, das sah er ein. Also ließ er die Tür geschlossen und rief statt dessen seine Kollegen zu Hilfe. Ich hörte sie antworten, und ich hörte auch den Kies unter ihren Sohlen knirschen, als sie herbeieilten.

Und die ganze Zeit war die Tür unverschlossen, aber sie

wußten es nicht. Und der arme Neuling starb fast vor Angst.

Oh, ich war ein Held — mit meiner Rückzugsmöglichkeit direkt hinter mir. Ich deckte den Bremser und seine Kameraden mit Verwünschungen ein, bis sie die Tür aufrissen. Im Laternenschein sah ich ihre wütenden Gesichter ganz deutlich. Sie waren sich ihrer Überlegenheit so sicher, denn saßen wir nicht in der Falle? Ah, sie würden hereinklettern und uns fertigmachen.

Sie machten sich daran, hereinzusteigen. Ich versetzte niemandem einen Tritt ins Gesicht. Ich riß nur die gegenüberliegende Tür auf, und der Neuling und ich sprangen hinaus.

Natürlich setzte die wütende Meute uns nach. Wenn ich mich recht erinnere, kletterten wir über eine Mauer. Ganz genau weiß ich jedoch noch, wo wir landeten. In der Dunkelheit fiel ich prompt über einen Grabstein und der Neuling über einen anderen. Und dann hetzten sie uns durch den ganzen Friedhof. Falls uns Geister zugesehen haben, haben sie bestimmt gedacht: Na, die können aber laufen!

Das sahen offenbar auch die Eisenbahner ein, denn als wir aus dem Friedhof hinaus und über die Straße in ein dunkles Waldstück rasten, gaben sie die Verfolgung auf und kehrten zu ihrem Zug zurück.

Ein wenig später kamen der Neuling und ich zum Brunnen einer kleinen Farm. Wir wollten eigentlich nur einen Schluck Wasser, aber als wir uns daran machten zu trinken, sahen wir einen Strick, der über die Seite in den Brunnen reichte. Wir zogen ihn hoch, und daran hing eine Blechkanne mit fast vier Liter Sahne. Und näher bin ich den Steinbrüchen von Rutland in Vermont nicht gekommen.

Wenn Landstreicher die Parole weitergeben, daß in einer bestimmten Ortschaft die »Bullen feindlich« sind, dann sollte man sie meiden, oder, wenn man unbedingt hindurch muß, es ganz unauffällig tun. Es gibt Städte, wo man gar nicht vorsichtig genug sein kann. Eine solche Stadt war Cheyenne an der Union-Pacific-Linie. Sie war fast in den ganzen Bundesstaaten in Landstreicherkreisen als »feindlich« bekannt. Und Schuld daran war Jeff Carr (wenn ich mich recht an seinen Namen erinnere).

Jeff Carr brauchte einen Landstreicher nur zu sehen, schon packte er zu. Auf eine Unterhaltung ließ er sich nie ein. War sein wachsamer Blick auf einen gefallen, schlug er mit beiden Fäusten, einem Knüppel oder, was immer er auch zur Hand hatte, zu. Hatte er ihn gründlich bearbeitet, warf er ihn aus der Stadt, mit der Drohung, daß er ihn sich noch nachdrücklicher vorknöpfen würde, sollte er sich je wieder sehen lassen.

Jeff Carr verstand seine Sache. Im Norden, Süden, Osten und Westen, bis an die äußersten Grenzen der Vereinigten Staaten, Kanada und Mexiko dazu, überall erzählten die Tramps, die er sich vorgenommen hatte, wie »feindlich« Cheyenne sei.

Glücklicherweise kam ich während eines Blizzards durch Cheyenne, und achtundvierzig Tramps mit mir. Unsere Zahl machte uns stark, und wir fürchteten nichts und niemanden — niemanden, außer Jeff Carr. Allein die Erwähnung seines Namens lähmte unsere Entschlußkraft und raubte uns den Mut. Der ganze Haufen hatte eine Todesangst davor, ihm vielleicht einmal in die Arme zu laufen.

Es ist selten angebracht, stehenzubleiben und sich auf Erklärungen einzulassen, wenn Bullen »feindlich« aussehen. Das einzige ist dann, die Beine in die Hand zu nehmen. Ich brauchte eine Weile, bis ich das gelernt hatte. Den letzten Schliff in meiner diesbezüglichen Erziehung gewann ich durch einen Bullen in New York. Seit damals ergreife ich ganz mechanisch die Flucht, wenn ich einen Polizisten die Hand nach mir ausstrecken sehe. Dieser rein automatische Vorgang wurde zu einer stets aufgezogenen Haupttriebfeder in mir, die ich wohl nie wieder loswerden kann. Ich glaube, selbst wenn ich einmal als Achtzigjähriger auf Krücken über die Straße humpelte und ein Polizist streckte die Hand auch nur in meine Richtung, ich würde die Krücken fallen lassen und davonlaufen wie ein junges Reh.

Diesen letzten Schliff erhielt ich an einem heißen Sommernachmittag in der Stadt New York. Es war die ganze Woche schon glühend heiß gewesen, deshalb hatte ich es mir zur Gewohnheit gemacht, des Morgens betteln zu gehen und den Nachmittag in dem kleinen Park zu verbringen, der in der Nähe des Zeitungsviertels und des Rathauses liegt. Dort konnte man nämlich für wenige Cent nagelneue Bücher (die beim Druck oder Einbinden leicht beschädigt worden waren) erstehen, die auf Ramschkarren feilgeboten wurden. Außerdem gab es im Park auch herrlich gekühlte Frischmilch oder Buttermilch zu nur einem Cent das Glas.

Und so saß ich jeden Nachmittag auf einer Parkbank und las und schwelgte in Milch. Unter fünf Gläsern kam ich bei diesem entsetzlich heißen Wetter nie davon, meistens aber wurden es sogar bis zu zehn.

Hier war ich also, ein lammfrommer, lesefreudiger, milchtrinkender Vagabund — und wozu führte es? Eines Nachmittags spazierte ich wieder zum Park mit einem neuen Buch unter dem Arm und einem gewaltigen Buttermilchdurst unter dem Hemd. Mitten auf der Straße, direkt vor dem Rathaus, hatte sich eine Menschenmenge gesammelt. Da ich dort die Straße überqueren mußte, um zu dem Milchstand zu kommen, blieb ich stehen, um zu sehen, wofür diese vielen Neugierigen sich so interessierten.

Zuerst konnte ich überhaupt nichts sehen, doch aus den seltsamen Geräuschen und bald darauf aus einem flüchtigen Blick folgerte ich, daß hier ein paar Straßenjungen Murmeln spielten.

Nun ist es aber in New York nicht erlaubt, auf den Straßen Murmeln zu spielen. Das wußte ich nicht, aber ich sollte es ziemlich schnell erfahren. Ich stand vielleicht eine halbe Minute, in der ich den Grund für den Auflauf erkannte, als einer der Spieler »Bullen!« brüllte. Die Straßenjungen kannten sich aus. Sie rannten davon. Ich nicht.

Die Menschenmenge löste sich sofort auf und eilte auf die Bürgersteige an beiden Straßenseiten. Ich ging zu dem auf der Parkseite. Ungefähr fünfzig der Leute, die beim Spiel zugeschaut hatten, gingen in die gleiche Richtung wie ich, in gemessenem Abstand, nicht dicht beisammen.

Ich sah den Bullen — ein stämmiger Polizist in grauem Anzug. Ohne Eile schlenderte er mitten auf der Straße herbei. Ohne mir etwas dabei zu denken, bemerkte ich, daß er die Richtung änderte und schräg auf den gleichen Bürgersteig zusteuerte wie ich. Er schritt durch die sich verlaufende Menge, und ich sah, daß sein Kurs den meinen schneiden mußte.

Ich hatte ein so reines Gewissen, daß ich mir trotz aller schlechter Erfahrung mit Bullen nichts dabei dachte. Auf die Idee, daß er hinter mir her war, kam ich überhaupt nicht. Aus Respekt vor dem Gesetz war ich sogar bereit stehenzubleiben, um ihn vor mir vorbeizulassen.

Ich hielt auch an, doch nicht freiwillig, wie ich es beabsichtigt gehabt hatte. Ohne Vorwarnung stürzte dieser Bulle sich auf mich, packte mich mit beiden Händen am Hemd und ließ sich auf gemeinste Weise über meine Abstammung aus.

Das Blut des freien Amerikaners wallte in mir. Alle meine Vorfahren, die für ihre Bürgerrechte gekämpft hatten, erhoben in mir ihre Stimmen.

»Was wollen Sie eigentlich?« fragte ich scharf. Sie müssen verstehen, ich wollte eine Erklärung. Und ich bekam sie.

Sein Knüppel sauste herab auf meinen Kopf, und da er mein Hemd losgelassen hatte, taumelte ich rückwärts wie ein Betrunkener. Die neugierigen Gesichter der Herumstehenden wogten wie die Wellen einer stürmischen See. Mein kostbares Buch entglitt mir und fiel in den Straßenstaub.

Der Bulle holte zu einem zweiten Schlag aus. Benommen, wie ich vom ersten war, hatte ich eine Vision. Ich sah den Knüppel endlos auf mich herabhauen; sah mich blutüberströmt, zusammengeschlagen vor Gericht und hörte die Anklage: Unruhestiftung, Widerstand gegen die Staatsgewalt, Beamtenbeleidigung und noch einiges anderes. Und ich sah mich bereits in der städtischen Strafanstalt auf Blackwell's Island. Oh, ich kannte mich aus.

Ich verlor jegliches Interesse an Erklärungen und nahm mir auch nicht die Zeit, mich nach meinem kostbaren, ungelesenen Buch zu bücken. Ich wirbelte herum und rannte. Mir war übel, aber ich rannte. Und ich werde bis zu meinem letzten Tag rennen, wenn ein Bulle anfängt, eine Erklärung mit dem Knüppel abzugeben.

Jahre später, nachdem ich mein Trampleben aufgegeben hatte und an der Universität von Kalifornien studierte, besuchte ich eines Abends einen Zirkus. Nach der Vorstellung und dem Konzert blieb ich noch eine Weile, weil ich mich interessierte, wie Abbau und Transport eines großen Zirkus vor sich gingen — der Zirkus reiste noch in dieser Nacht weiter.

Um eine Art Lagerfeuer im Zirkusgelände stieß ich auf eine Schar Jungen, Kinder noch. Es waren etwa zwanzig. Ich hörte ihnen zu, als sie sich miteinander unterhielten, und erfuhr so, daß sie beabsichtigten, mit dem Zirkus durchzubrennen.

Die Zirkusleute hatten jedoch keine Lust, sich mit einer solchen Rasselbande abzuärgern. Sie hatten deshalb, als sie ihre Absicht erkannt hatten, telefonisch die Polizei verständigt.

Das Überfallkommando war bereits unterwegs, um die Jungen unter dem Vorwand mitzunehmen, daß Kinder ihres Alters nach einundzwanzig Uhr nicht mehr ohne Begleitung eines Erziehungsberechtigten auf der Straße sein dürften.

Die Polizisten umzingelten das Feuer in einem weiten Kordon und schlichen sich im Schutz der Dunkelheit an die Jungen heran. Auf ein Signal stürzten sie sich auf die Kinder und faßten sie, als griffen sie in einem Eimer mit glitschigen Aalen.

Ich hatte natürlich keine Ahnung, daß die Polizei gerufen worden war. Als ich plötzlich die Bullen mit ihren schimmernden Helmen und den blitzenden Messingknöpfen auftauchen und sie mit beiden Händen grapschen sah, schwand all meine Selbstsicherheit, und meine Reflexe übernahmen. Ich rannte. Ich wußte nicht, daß ich rannte. Ich wußte überhaupt nichts. Es geschah alles rein mechanisch. Es bestand absolut kein Grund für mich davonzulaufen. Ich war kein Landstreicher. Ich war ein angesehener Bürger und in dieser Stadt zu Hause. Ich hatte mich keiner strafbaren Handlung schuldig gemacht. Ich studierte an der hiesigen Universität. Mein Name hatte bereits einen guten Klang. Und ich trug einen anständigen Anzug, in dem weder ich noch sonst schon jemand geschlafen hatte.

Und doch rannte ich — blindlings, verzweifelt, wie aufgescheuchtes Wild — einen ganzen Häuserblock weit. Als ich zur Besinnung kam, stellte ich fest, daß ich immer noch lief. Es bedurfte regelrechter Willensanstrengung, meine Beine zum Stehen zu bringen.

Ich werde auch nie darüber hinwegkommen, dagegen komme ich einfach nicht an. Wenn ein Polizist den Arm ausstreckt, laufe ich davon. Außerdem habe ich offenbar dummerweise etwas an mir, das mich in Polizeihaft bringt. Seit Beendigung meines Tramplebens war ich öfter in Polizeigewahrsam als während.

Ich machte an einem Sonntag morgen eine kleine Radtour mit einer jungen Dame. Ehe wir noch am Stadtrand ankommen, verhaftet man uns, weil wir auf dem Bürgersteig an einem Fußgänger vorbeigefahren sind. Ich verspreche mir, in Zukunft vorsichtiger zu sein.

Das nächstemal fahre ich des Abends mit dem Fahrrad. Meine Acetylenlampe macht Mucken. Ich bemühe mich um das schwache Flämmchen, weil Fahrradbeleuchtung ja Vorschrift ist. Ich bin in Eile, aber ich fahre im Schneckentempo, damit das flackernde Flämmchen nur ja nicht erlischt. Ich erreiche die Stadtgrenze und bin sogleich außerhalb ihrer Gerichtsbarkeit. Also kümmere ich mich nicht mehr um die Lampe, sondern sehe zu, daß ich die verlorene Zeit einhole. Einen Kilometer weiter hält mich ein Bulle auf, und am nächsten Morgen verwirke ich vor dem Schnellgericht meine Kaution. Die Stadt hatte heimtückischerweise ihre Grenze eineinhalb Kilometer nach außen verschoben, was ich nicht wußte. Das war alles.

Ich erinnere mich an mein Recht der Redefreiheit und stelle mich auf eine Seifenkiste, um öffentlich meine Meinung über ein bestimmtes wirtschaftliches Problem kundzutun. Das gefällt einem Bullen nicht. Er holt mich von meiner Kiste herunter und führt mich ins Stadtgefängnis, aus dem ich durch Hinterlegung einer Kaution wieder freikomme.

Es ist hoffnungslos. In Korea verhaftete man mich fast jeden zweiten Tag. In der Mandschurei erging es mir nicht anders. Als ich das letztemal in Japan war, warf man mich unter dem Vorwand, ich sei ein Spion der Russen, ins Gefängnis. Nicht, daß ich je behauptet hätte, russischer Spion gewesen zu sein, das war gar nicht nötig. Es ist egal, was ich tue, die Polizei hat es auf mich abgesehen. Ich bin offenbar zum Häftling prädestiniert und werde noch einmal längere Zeit hinter Zuchthausmauern landen. Das ist eine Prophezeiung.

In Boston hypnotisierte ich einmal einen Bullen. Es war nach Mitternacht, und er hatte mich geschnappt. Doch ehe ich mit ihm fertig war, hatte er einen Silbervierteldollar aus seiner Hosentasche gegraben und mir auch noch die Adresse eines Lokals gegeben, das die ganze Nacht geöffnet war.

Dann war da ein Bulle in Bristol, New Jersey, der mich erwischte und laufen ließ, obwohl ich ihm wahrhaftig ausreichend Grund geboten hatte, mich mitzunehmen. So wie von mir war er bestimmt noch nie zu Boden geworfen worden.

Lassen Sie mich Ihnen erzählen, wie es dazu kam. Gegen Mitternacht sprang ich auf einen aus Philadelphia abfahrenden Güterzug auf. Der Bremser hängte mich ab. Der

Zug mußte durch das Labyrinth der Gleisanlagen des Güterbahnhofs sehr langsam fahren. Ich sprang ein zweites Mal auf und wurde wieder abgehängt. Sie müssen verstehen, ich konnte nur außen aufspringen, weil es ein durchgehender Zug mit verschlossenen und versiegelten Waggons war.

Als er mich das zweitemal abhängte, hielt mir der Bremser einen regelrechten Vortrag. Er erklärte mir, daß ich mein Leben aufs Spiel setzte, weil dieser Zug besonders schnell fuhr. Ich versicherte, daß ich an solche Züge gewöhnt war. Aber das half auch nichts. Er sagte, er würde nicht zulassen, daß ich Selbstmord beginge, und dann zwang er mich abzuspringen.

Aber ich sprang ein drittes Mal auf und kletterte auf die Puffer. Es waren die dürftigsten Puffer, die ich je gesehen hatte. Ich meine damit nicht die richtigen Eisenpuffer, die durch Kupplungen miteinander verbunden sind und aneinanderschlagen und -scharren. Was ich meine, sind die riesigen Klammern gleichen Balken, die an den Enden der Güterwagen über die Puffer hinwegführen. Man steht also mit jedem Fuß auf einem dieser Balken und hat die richtigen Puffer unter sich zwischen den Füßen. Ich sollte vielleicht erwähnen, daß diese Wagen nur je einen Eisenpuffer in der Mitte hatten.

Aber diese Balken oder Klammern, auf denen ich jetzt stand, waren nicht so breit, wie sie sonst an Güterwagen dieser Zeit üblich waren. Sie waren schmal, sehr schmal — bestimmt kaum breiter als drei Zentimeter. Nur die halbe Breite meiner Sohlen hatte darauf Platz. Dann gab es auch nichts, woran ich mich hätte festhalten können. Sicher, da waren die beiden Enden der Güterwagen, aber das waren glatte, senkrechte Flächen. Ich konnte lediglich meine Handflächen stützend dagegen drückten. Das hätte auch durchaus genügt, wären die Balken breit genug für meine Füße gewesen.

Als der Zug Philadelphia hinter sich hatte, beschleunigte er. Da verstand ich erst, was der Bremser mit Selbstmord gemeint hatte. Immer schneller fuhr der Zug, er war ja ein durchgehender und brauchte nirgendwo zu halten. Außerdem war die Strecke in diesem Teil von Pennsylvania vierspurig, und so mußte mein ostwärts fahrender Zug auch nicht auf in die Gegenrichtung fahrende oder auf überholende Schnellzüge achten. Das Gleis gehörte ihm allein, und er nutzte es.

Ich befand mich wirklich in einer gefährlichen Lage. Nur mit einem Teil meiner Sohlen stand ich auf den schmalen, aus den Wagen herausragenden Balken und hatte die Hände an die glatten, senkrechten Enden der Wagen gepreßt, von denen jeder seine Eigenbewegungen hatte, auf und ab, hin und her.

Haben Sie schon einmal einen Zirkusreiter auf zwei trabenden Pferden stehen sehen, mit je einem Fuß auf den Rücken der beiden Pferde? Nun, so etwas Ähnliches tat auch ich mit einigen Unterschieden: Der Zirkusreiter hat seine Zügel zum Festhalten. Ich hatte nichts. Er steht mit beiden Sohlen fest auf den Rücken. Ich stand nur mit halber. Er kann Beine und Körper beugen und ist durch diese Gewichtsverlagerung besser imstande, sein Gleichgewicht zu halten. Ich mußte aufrecht stehen. Er kann sehen, wohin er reitet. Ich konnte nur seitwärts sehen. Und wenn der Reiter herunterfallen sollte, landet er im weichen Sägemehl der Arena. Wäre ich dagegen hinuntergefallen, wäre ich unter die Räder gekommen.

Ja, dieser Güterzug hatte wahrhaftig ein Tempo drauf. Er donnerte und kreischte, schwang wild um Kurven, ratterte über die Schienenverbindungen, und ein Wagenende holperte hoch, während das andere bockte, oder das eine schwang nach rechts und das andere nach links. Und die ganze Zeit hoffte und betete ich inständig, der Zug möge halten. Aber das tat er nicht. Er mußte es ja schließlich auch nicht.

Zum ersten, letzten und einzigen Mal in meiner ganzen Zeit als Eisenbahntramp hatte ich genug. Ich verließ die Balken und bemühte mich, auf die Seitenleiter zu kommen.

Es war ungemein gefährlich, denn nie zuvor hatte ich es mit Wagenenden zu tun gehabt, die so wenig Halt für Hände und Füße boten wie diese.

Ich hörte die Lokomotive pfeifen und spürte, daß die Geschwindigkeit sich verringerte. Ich wußte natürlich, daß der Zug nicht halten würde, aber ich war fest entschlossen abzuspringen, sobald er langsam genug fuhr. Die Gleise machten hier einen Bogen, verliefen über eine Brücke über einen Kanal und dann durch Bristol hindurch.

Das Zusammentreffen dieser Umstände machten die Verringerung der Fahrgeschwindigkeit erforderlich. Ich wußte nur, daß ich fort von diesem Zug wollte. Ich spähte angestrengt durch die Dunkelheit, in der Hoffnung, vielleicht eine Straßenkreuzung zu sehen, an der ich abspringen könnte. Ich war ziemlich weit hinten im Zug, und ehe mein Wagen die Stadt erreichte, war die Lokomotive bereits am Bahnhof vorbei, und ich spürte, wie sie bereits wieder schneller wurde.

Dann kam die Straße. Es war zu dunkel, als daß ich hätte erkennen können, wie breit sie war. Ich wußte, daß ich die ganze Breite brauchen würde, wenn ich nach dem Abspringen auf den Füßen bleiben wollte. Ich schwang mich hinaus. Damit meine ich folgendes: Auf der Seitenleiter stehend, streckte ich mich, soweit es ging, in Fahrtrichtung — das tat ich, um möglichst viel Platz für den Rückwärtsschwung zu haben, sobald ich sprang. Dann schwang ich, schwang mich hinaus und zurück, zurück mit aller Kraft, und ließ los — gleichzeitig warf ich mich zurück, als beabsichtigte ich auf dem Hinterkopf zu landen. Das Ganze diente dazu, dem Vorwärtsimpuls entgegenzuwirken, den ich durch die Geschwindigkeit des Zuges hatte.

Als meine Füße auf dem Kies aufschlugen, lag mein Körper in einem 45-Grad-Winkel nach hinten in der Luft. Ich hatte den Vorwärtsimpuls ein wenig reduziert, denn als meine Füße landeten, flog ich nicht sofort aufs Gesicht. Statt dessen richtete mein Körper sich auf und begann nach vorn zu kippen. Tatsächlich steckte noch viel des Vorwärtsimpulses in ihm, den meine Füße durch den Aufprall verloren hatten. Ich mußte ihn ihnen also wieder geben, indem ich sie so schnell wie möglich hob und vorwärts rannte, um sie unter dem vorwärts drängenden Körper zu behalten.

Das Ergebnis war, daß meine Füße sich schnell wie Trommelstöcke auf dem Kalbsfell über die Straße bewegten. Ich wagte nicht, sie anzuhalten, denn täte ich es, würde ich auf die Nase fallen. Ich mußte also weiterlaufen.

Unfreiwillig war ich zum Geschoß geworden. Ich machte mir Sorgen, weil ich ja nicht wußte, was auf der anderen Straßenseite war. Ich konnte nur hoffen, daß ich nicht gegen eine Mauer oder einen Telegraphenmast prallen würde. Ich hatte diesen Gedanken noch nicht beendet, als ich gegen etwas stieß.

Oh Schreck! Im allerletzten Augenblick hatte ich noch gesehen, daß es — ausgerechnet! — ein Polizist war, der hier in der Dunkelheit stand. Wir flogen gemeinsam auf den Boden und rollten ineinander verschlungen über die Straße, denn im Augenblick des Zusammenstoßes hatte der Bulle ganz automatisch die Arme um mich gelegt und sich festgeklammert. Es war ein Knockout für uns beide, und er hielt sich an einem wirklich lammfrommen Landstreicher fest, während er wieder zu sich kam.

Hätte der Bulle ein bißchen Phantasie gehabt, hätte er mich für einen Reisenden von einer anderen Welt halten müssen, für einen soeben angekommenen Marsbewohner, vielleicht, denn in der Dunkelheit hatte er ja nicht sehen können, daß ich mich vom Zug geschwungen hatte.

Tatsächlich waren seine ersten Worte: »Wo sind Sie denn plötzlich hergekommen?« Und seine nächsten Worte, ehe ich überhaupt zu einer Antwort kam, waren: »Ich habe gute Lust, Sie aufs Revier zu bringen.« Auch letzteres, davon bin ich überzeugt, kam rein automatisch.

Er war wirklich ein herzensguter Bulle, denn nachdem ich ihm eine rührende Geschichte erzählt und ihm geholfen hatte, seine Uniform abzubürsten, gestattete er mir großzügig, bis zum nächsten Güterzug in der Stadt zu bleiben. Ich versicherte ihm, daß ich durchaus bereit war, ihn zu nehmen, aber nur unter zwei Bedingungen: daß der Zug ostwärts fuhr, und daß es kein durchgehender mit verschlossenen und versiegelten Türen war. Darauf ging er ein. Durch diesen »Vertrag von Bristol« entging ich also dem Schicksal, wieder einmal festgenommen zu werden.

Ich erinnere mich auch an eine andere Nacht in diesem Teil der Staaten, als ich einen Bullen knapp verfehlte. Mit ein bißchen weniger Glück hätte ich ihn wahrscheinlich wie eine Ziehharmonika zusammengequetscht, da ich nämlich von oben kam. Ja, ich kam von oben, mit ein paar Bullen dicht auf meinen Fersen. So war es dazu gekommen:

Ich war in einer Stallung untergekrochen, wo ich eine Box und eine Unzahl von Pferdedecken ganz allein für mich hatte. Als Gegenleistung für diese feudale Unterkunft versorgte ich in der Früh die Pferde. Vielleicht wäre ich jetzt noch dort, wären die Bullen nicht gewesen.

Eines Abends, gegen einundzwanzig Uhr, kehrte ich in die Stallung zurück, um mich schlafen zu legen. Doch dort war ein Würfelspiel in vollem Gang. Es war Markttag gewesen und die Neger hatten alle Geld in den Taschen.

Ich sollte vielleicht erst einen kleinen Überblick über die Örtlichkeit geben. Die Stallung hatte Zugang von zwei Straßen. Ich trat durch die vordere ein, kam durchs Büro und von dort auf den Gang zwischen den zwei Boxreihen, die die gesamte Gebäudelänge einnahmen und einen Ausgang zur anderen Straße hatten. Etwa in der Mitte dieses langen Ganges, unter einem Gaslicht und zwischen den beiden Reihen, in denen die Pferde in ihren Boxen standen, saßen etwa vierzig Neger.

Ich blieb stehen und schaute ihnen zu. Mitspielen konnte ich nicht, da ich keinen Cent in der Tasche hatte. Der Spielmacher nannte seine Zahl und warf die zwei Würfel. Er hatte Glück und ließ den Einsatz stehen. So ging das eine ganze Weile, und bei jedem Wurf verdoppelte sich natürlich der Einsatz, da die anderen ja, gemeinsam, mithalten mußten. Es war ein ordentlicher Haufen Geld, der da zwischen den Spielern lag. Bei Crap ist man allerhand gewöhnt, aber daß jemand so hartnäckig sein Glück versuchte, kam doch nicht so häufig vor. Jedenfalls war die Aufregung immens. Und gerade da hämmerte es gegen das hintere Tor.

Ein paar Neger brachten sich in der entgegengesetzten Richtung in Sicherheit. Ich hielt kurz in der Flucht inne, um etwas von dem Geld auf dem Boden einzustecken. Das konnte nicht Diebstahl genannt werden, weil es so üblich war. Jeder, der noch nicht lief, bediente sich.

Das Tor gab krachend nach und schwang nach innen auf. Ein Trupp Polizisten stürmte herein. Jetzt nahmen wir aber die Beine unter die Arme. Im Büro war es dunkel und die Tür so schmal, daß wir nicht alle gleichzeitig auf die Straße hinausrasen konnten. Es gab ein fürchterliches Gedränge. Ein Neger tauchte durchs Fenster und nahm gleich den Rahmen mit. Weitere Schwarze folgten ihm auf diesem Weg in die Sicherheit.

Hinter uns waren die Bullen bereits eifrig dabei, festzunehmen, wen sie erwischen konnten. Ein riesenhafter Neger und ich rannten gleichzeitig zur Tür. Da er stärker war als ich, stieß er mich zur Seite, und schon schoß er hindurch. Doch da sauste ein Knüppel auf seinen gesenkten Kopf herab, und er ging zu Boden wie ein gefällter Stier.

Ein weiterer Trupp Bullen hatte an diesem Ausgang Posten bezogen. Sie wußten, daß sie die Flüchtenden nicht mit den Händen aufhalten konnten, so hieben sie einfach zu. Ich stolperte über die Beine des Negers, der mich zur Seite gestoßen hatte, duckte mich und wich einem herabschwingenden Knüppel aus und tauchte durch die Beine eines Bullen in die Freiheit.

Und wie ich dann rannte! Ein dürrer Mulatte raste direkt vor mir, und ich hinter ihm her, weil er die Stadt besser kannte als ich und weil ich wußte, daß in der Richtung, die er einschlug, gut unterzuschlüpfen war. Er, wiederum, hielt mich für einen Bullen, der ihn verfolgte, und drehte sich nicht einmal um. Er rannte nur. Ich hatte eine gute Lunge und hielt Schritt mit ihm. Aber sein Tempo brachte ihn fast um. Schließlich konnte er einfach nicht mehr. Er stolperte, sank in die Knie und ergab sich. Als er dann bemerkte, daß ich gar kein Bulle war, rettete mich nur die Tatsache vor ihm, daß er völlig fertig war und mich deshalb nicht verfolgen konnte.

Darum, also, verließ ich Washington — ich meine natürlich nicht wegen des Mulatten, sondern der Bullen wegen.

Ich ging zum Bahnhof und nahm den ersten Blinden eines Schnellzugs der Pennsylvania Eisenbahngesellschaft. Nachdem der Zug Fahrt genommen hatte und mir seine Geschwindigkeit bewußt wurde, wurde mir mulmig. Das hier war eine 4-Spur-Linie, und die Lokomotiven übernahmen das Wasser im Fahren. Oft schon hatten Tramps mich davor gewarnt, auf dem ersten Blinden eines solchen Zuges zu fahren. Lassen Sie mich bitte erklären.

Zwischen den Schienen befinden sich niedrige Metalltröge. Während die Lokomotive mit voller Geschwindigkeit darüber fährt, fällt eine Art Schütte in den Trog, dessen Wasser sogleich in den Tender hochgesogen wird.

Irgendwo zwischen Washington und Baltimore, während ich auf der Plattform des Blinden saß, begann ein feiner Sprühregen die Luft zu befeuchten. Aber das störte mich nicht. Ah, dachte ich, es ist also nur Bluff, daß diese Wasseraufnahme während der Fahrt für jemanden auf dem ersten Blinden so schlimm sein soll. So ein bißchen Sprühregen, was war das schon! Dann dachte ich über diese Einrichtung nach und bewunderte sie. Das war eine Eisenbahn! Was waren dagegen diese primitiven Bahnen im Westen!

In diesem Moment war der Tender voll, aber das Ende des Troges noch nicht erreicht. Eine wahre Sturzflut ergoß sich über den Tender auf mich. Ich war naß bis auf die Haut — so schlimm, als wäre ich ins Wasser gefallen.

Der Zug fuhr in Baltimore ein. Wie es in den größeren

Städten des Ostens üblich ist, verlaufen die Schienen in Einschnitten unterhalb der Straßenhöhe. Als der Zug den beleuchteten Bahnhof erreichte, machte ich mich auf dem Blinden so klein wie nur möglich. Aber ein Eisenbahnpolizist entdeckte mich und machte sich daran, mich zu verfolgen, als ich die Beine in die Hand nahm. Zwei Kollegen schlossen sich ihm an.

Ich war inzwischen aus dem Bahnhofsgelände und rannte die Schienen entlang. Aber ich befand mich in einer Falle. Links und rechts erhoben sich die steilen Wände des Einschnitts. Ich wußte, wenn ich sie zu erklimmen versuchte und es mir nicht gelang, würde ich geradewegs einem Bullen in die Arme rutschen.

Ich raste weiter und hielt verzweifelt Ausschau nach einer Stelle, die etwas leichter hochzuklettern wäre. Endlich sah ich eine, gleich nachdem ich unter einer Brücke hindurchgekommen war, die eine Straße in normaler Höhe über den Einschnitt trug. Mit Händen und Füßen krallte ich mich in die steile Böschung und kämpfte mich hoch. Und die drei Eisenbahnbullen machten es mir nach.

Oben angekommen stand ich auf einem unbebauten Grundstück, das auf einer Seite durch eine niedrige Mauer von der Straße abgezäunt war. Mich näher umzusehen, fehlte mir die Zeit. Schließlich waren die Bullen mir dicht auf den Fersen.

Ich rannte zu dieser Mauer und schwang mich darüber. Und da erlebte ich eine meiner unangenehmsten Überraschungen. Man nimmt normalerweise an, daß eine Mauerstelle so hoch ist, wie die andere. Das war jedoch hier nicht der Fall. Das Grundstück lag weit höher als die Straße.

Auf meiner Seite war die Mauer niedrig gewesen, aber auf der anderen ... Nun, wie gesagt, ich schwang mich über die niedrige Mauer und ließ sie sofort los. Aber, o Schreck, ich schien mit den Füßen voraus in einen tiefen Abgrund zu stürzen. Und unter mir, im Licht einer Straßenlampe, stand ein Bulle. Ich glaube, die Mauer war auf dieser Seite zwischen drei und dreieinhalb Meter hoch, aber mir, bei diesem Schock mitten in der Luft, erschien sie doppelt so hoch zu sein.

Ich richtete mich in der Luft auf und kam hinunter. Zuerst befürchtete ich, ich würde geradewegs auf dem Bullen landen. Mein nasser Jackenärmel streifte ihn auch, als ich mit ungeheurer Wucht mit den Füßen auf dem Bürgersteig aufschlug. Es war ein Wunder, daß ihn nicht der Schlag rührte, denn er hatte mich nicht kommen hören.

Es war wieder das Mann-vom-Mars-Erlebnis. Der Bulle sprang vor Schrecken hoch und scheute vor mir zurück wie ein Pferd vor einem Auto. Doch dann streckte er den Arm nach mir aus. Ich blieb nicht stehen, um eine Erklärung abzugeben. Das überließ ich den drei Bahnpolizisten, die sich gerade daran machten, sich sehr vorsichtig von der Mauerkrone herunterfallen zu lassen.

Und natürlich verfolgten sie mich dann zu viert. Ich rannte durch eine Straße, bog um eine Ecke, rannte durch die Straße und weitere und um viele Ecken, bis ich meine Verfolger endlich abgeschüttelt hatte.

Nachdem ich mir von dem Geld aus dem Crap-Spiel etwas zu essen besorgt und eine Stunde totgeschlagen hatte, kehrte ich außerhalb der Lichter des Bahnhofs zu dem Schienenstrang im Einschnitt zurück und wartete auf einen Zug. Mein Blut hatte sich abgekühlt, und es fror mich erbärmlich in meinen nassen Sachen.

Endlich fuhr ein Zug im Bahnhof ein. Im Schutz der Dunkelheit wartete ich auf ihn, und es gelang mir auch aufzuspringen, als er langsam an mir vorbeirollte. Diesmal kletterte ich aber auf den zweiten Blinden. Ein Bad in voller Kleidung genügte mir.

Der Zug hielt zum erstenmal nach etwa fünfundsechzig Kilometern, und ich schlich mich im beleuchteten Bahnhof, der mir seltsam bekannt vorkam, vom Blinden. Ich war zurück in Washington.

Durch all die Aufregung meiner Flucht in Baltimore, straßauf, straßab, um Dutzende von Ecken, mußte ich wohl meinen Richtungssinn verloren haben. Jedenfalls nahm ich den falschen Zug.

Ich hatte eine schlaflose Nacht gehabt; ein unfreiwilliges Duschbad genommen; war um mein Leben gelaufen; und nun war ich zu allem Überfluß wieder dort zurück, von woher ich gekommen war.

O nein, das Leben als Eisenbahntramp ist keineswegs ein Honiglecken. Aber ich kehrte nicht in die Stallung zurück. Ich hatte von dem Spieleinsatz nicht schlecht eingeheimst und kein Verlangen danach, diesen Negern noch einmal zu begegnen. Also nahm ich den nächsten Zug und frühstückte in Baltimore.